정치,
詩를 만나 춤추다

정치, 시를 만나 춤추다
박태우 지음

초판 인쇄 | 2010년 05월 01일
초판 발행 | 2010년 05월 04일

지은이 | 박태우
펴낸이 | 신현운
펴는곳 | 연인M&B
디자인 | 이희정
기 획 | 여인화
등 록 | 2000년 3월 7일 제2-3037호
주 소 | 143-874 서울특별시 광진구 자양동 (680-25호(2층)
전 화 | (02)455-3987 팩스 | (02)3437-5975
홈주소 | www.yeoninmb.co.kr
이메일 | yeonin7@hanmail.net

값 12,000원

ⓒ 박태우 2010 Printed in Korea

ISBN 978-89-6253-055-1 03810

정치, 詩를 만나 춤추다

박태우 지음

정치와 시의 진솔한 대화

시를 쓰는 사람들이 순수한 영혼을 갖고 있지 않고서는 좋은 시를 쓸 수가 없듯이 깨끗하고 좋은 영혼을 갖고 있지 못한 정치인들은 결코 국민들을 위해서 좋은 정치를 할 수가 없는 것이다.

연인 M&B

정치(政治)와 시(詩)의 진솔한 대화

정치의 정화기능이 그 효력을 발휘하고 있지 못한 한국 민주주의의 순환구조 현실에서는 정치적인 기교나 술수를 다 버리는 살신성인(殺身成仁)의 자세로 가다듬고 다시 순수한 학창 시절로 돌아가서 시(詩)를 쓰는 마음으로 순수성(purity)을 개발하고 접하는 노력이 이 땅의 정치 지도자들에게 필요하단 생각을 해 본다. 최근의 본질을 잃은 빛이 바란 당쟁으로 비화된 세종시 파장(波長)을 보니 이런 생각이 더욱 드는 것이다.

민주주의 발달단계가 산업화, 근대화를 넘어서 이젠 탈근대(post-modern)와 정보통신기술과의 융합을 전제로 한 디지털 시대의 새로운 정치를 갈망하는 한국의 젊은이들에게 바람직한 정치 이정표를 준다는 의미에서 다시 인간 영혼의 순수성을 복원하는 작업이야말로 제대로 된 한국의 민주주의를 찾아내는 지름길이란 생각을 지울 길이 없다.

지금 국민들은 진실되고 자질이 있는 정치인들을 갈망하고 있는 것이다. 그렇지 않고는 21세기의 한반도를 향해서 밀려오는 엄청난 도전을 슬기롭게 극복할 길이 없는 것이다. 그래서 필자는 지난 7년간 하루도 쉬지 않고 부지런히, 남이 알아주건 알아주지 않건, 같은 마음으로 일관성을 갖고 우직하게 인간의 영혼과 한국 정치의 현실을 주제로 글을 쓰고 언론 지면을 통해서 발표를 해 왔다.

그 결과가 지금 1,000편에 가까운 정치 사회 경제 시사 칼럼으로 그리고 1,000편에 가까운 서정시와 참여시로 형상화되어 필자 주위에서 살아 숨 쉬고 있는 것이다.

본디 재주야 미천하고 별 볼일 없지만 진실과 역사의 혼(魂)을 담으려는 조그마한 열정과 일관성이 있는 부단한 의지와 자세는 조금이라도 폄하되지 말아야 한다는 것이 필자의 조그만 바람이다.

필자는 그동안에 지난 10여 년간 각종 선거와 정치의 현장에서 한국 정치의 질곡에서 좌절과 패배의 아픔을 맞으면서도 한국 정치의 폐해 및 한국적 민주주의 미완성의 근본 원인에 대한 많은 고민을 하면서 개인적으론 매우 손해를 보는 삶을 살아왔다. 아무리 생각해 보아도 개인적으로 아픈 시간들이다.

때로는 순수한 영혼으로 거짓이 없이 정직한 영혼의 흐름을 담아내어 미래의 한국 정치의 순수성을 복원하는 작업의 일환으로 자리매김하려고 나름으로 애써 온, 때로는 너무나 힘겨웠던, 지난 10년을 그래도 먼 시간 차를 두고 보면 값어치 있을 것이라 믿고 있으며, 한반도라는 공동체의 발전에 조금은 기여하는 깨달음이라고 스스로 너무나 잘 인식하고 있다.

대학의 강단에서나 현실 정치의 장(場)에서나 이러한 필자의 외침이 왜곡(歪曲)된 적은 단 한 번도 없었던 것이다. 단지 필자의 미약한 재능과 부족한 노력으로 이러한 정신이 주요 언론을 통하여 일반 국민들에게 제대로 전달이 잘 되지 않았을 따름인 것이다. 지금쯤 전국 방방곡곡의 살아 있는 민초(民草)들의 영혼들이 그리고 함께 미래의 대한민국을 고민하는 지식인들에게, 현실 참여를 하고 있는 운동가들에게 적게는 수만에서 많게는 수십만의 독자들에게 필자의 글이 읽히고 있다는 것은 큰 자부심이 아닐 수 없다.

그러나 이러한 필자의 순박하고 다소 무모한 의도와는 상관없이 이 세상은 인간의 순수성과 영혼을 말살하는 위선과 편법이 가득 찬 세상이 되어 가고 있다. 그래서 고 김수환 추기경 같은 순수한 헌신의 삶을 우리가 동경하고 흠모하는 것이다. 단기적인 경제적 효율성만 생각하는 물질의 정치, 민주주의 보편 원리를 해치는 퇴행의 정치가 더 판을 치면서 본격적인 한국 민주주의 발전의 본질(本質)을 크게 흐리고 있는 시점인 것이다.

이러다 보니 국민들의 바람과는 거리가 먼 얄팍한 탤런트 정치인, 그리고 겉 형식에 치중하느라고 실체가 없는, 일시적으로 잘 보이는 일천한 재능을 우선시하는 철새 정치인들이, 깊이 있게 이 민족에 대한, 이 공동체에 대한 성찰의 기회도 없이 앵무새처럼 국민들을 현혹하고 있다는 생각을 지울 길이 없다.

이러한 잘못된 정치문화를 묵인하는 국민들의 잘못도 더해져서

신성한 국가의 백년대계(百年大計)를 일구어 가는 길목에서 제대로 된 준비도 없이 검증이 안 된 구호에 현혹되어 가는 경향도 늘고 있다. 고민 없이 편의로 달려온 사람들을 더 선호하게 되는 퇴행과 악순환의 정치문화를 청산하고 있질 못하다. 고된 훈련의 성과를 기반으로 국민에게 봉사하려는 일꾼들을 애써 폄하하는 아주 못된 정치문화를 갖게 된 것이다. 일시적인 편의에 의해서 공과와 가능성을 잘못 재단을 하는 방법으로 값진 체험과 힘든 수련의 과정을 거쳐서 정치를 하려는 대한민국의 가장 소중한 인적자원들을 썩게 만들고 있는 아주 아픈 정치 현장을 보고 있는 것이다.

아마도 다가오는 지방선거도 겉으로는 참신한 후보, 돈 안 드는 선거, 망국적인 지역주의로부터 탈피 등을 피상적으로 각 당이 외쳐 대도 그 본질을 파헤치면, 역시 돈 공천, 망국적인 정치 지역주의, 금권선거의 망령, 그리고 흑색선전과 편법이 판치는 선거에서 벗어나지 못하는 한심하고 안타까운 대한민국 민주주의의 현주소를 보게 될 것이다. 얼마나 이 땅의 대한민국의 민주주의가 신음할지 걱정이 앞선다. 그렇게 되지 않기를 진심으로 기원하고 기원할 따름이다.

아무리 고민을 해 보아도 같이 타락하지 않고 같이 부패하지 않고서는 제도권으로 진입할 수 없는 한국 정치의 망령을 어떻게 제거하고 치유해야 하는지에 대한 답을 필자 스스로도 찾을 길이 보이지 않는다. 제도적으로 이러한 접근을 시도하려고 애써도 기득권의 당사자들인 제도권 내에 기생하고 있는 부패의 정치문화를 선호하는 사람들이 새로운 선거와 신선한 정치인 충원을 위한 혁신적인 치유책들을 채택하지 않을 것이기에 그 절망감은 더욱더 커지는 것이다.

바로 이러한 시점에 필자는 정치인들의 영혼(靈魂)을 맑게 정화하고 순수성을 배가하는 본격적인 운동을 순수한 참여시의 창작과 배포를 통한 인간성 회복운동을 통해서 할 필요성을 느낀다. 시를 쓰는 사람들이 순수한 영혼을 갖고 있지 않고서는 좋은 시를 쓸 수가 없듯이 깨끗하고 좋은 영혼을 갖고 있지 못한 정치인들은 결코 국민들을 위해서 좋은 정치를 할 수가 없는 것이다.

따라서, 필자는 앞으로 미력한 힘이나마 필자의 푸른정치연구소를 통하여 '시와 정치의 만남'이란 주제를 염두해 두고 현안이 되는 정치 시사 칼럼과 더불어서 그때그때 현 시대의 흐름을 담는 객관적인 감흥을 적은 시와의 만남을 통하여 쉬운 방향에서 문학적 이해를 구하고 바람직한 정치를 구현하는 자세와 마음을 국민들과 더불어 나누고자 한다. 아무쪼록 이러한 필자의 운동이 성공하길 바란다. 많은 애독자들의 성원을 기대한다.

2010년 4월

박태우

| 차례 |

정치

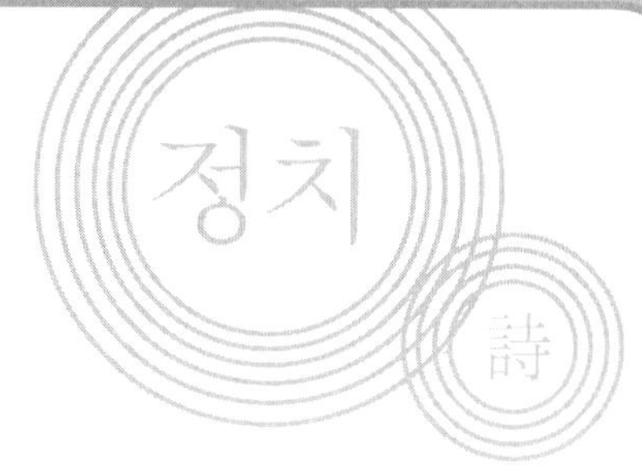

정치
詩

정치,
詩를 만나
춤추다

더 큰 삶을 위하여

한산도의 달빛이 백성들의 마음을 담을 때에
이순신 장군의 마음은 울고 있었다
그렇게 서글프게 울고 있었다
온몸으로 나라를 위한 충정으로
가족도 다 포기하고 전장에서 보낸 세월
아들도 왜적도 싸우다 죽었다니
아산에서 왜의 칼날에 죽었다니
나라를 위하여 일생을 바친 몸이었으나
가족을 위하여 희생한 일은 없었으니
그 한산도의 달빛은 더욱더 차가웠으리라
400년 전의 그 통한의 아픔이
종묘사직의 외로운 울림으로
남해바다 위에 한반도 상공 위에
나라 사랑 백성 사랑의 마음으로
둥기둥기 널려 있다
더 큰 삶을 위하여
일신의 영달을 위한 당파싸움도
일족의 영화를 위한 사리사욕도
모두 다 더 멀리 내던지고
더 크고 깊은 삶을 위하여
그렇게 역사 위에 산화해 간 것이다
그 위대한 충정의 마음
그 위대한 백성 사랑의 마음이
오늘날 대한민국의 정신으로 거듭나

통일의 새로운 정신으로 다가오니
오직 국가와 백성의 안위를 위한
백성들의 넋이 그 큼을 위로할 것이니
어서 한반도의 통일이 올지어다.

2010. 4. 6
＊이순신 장군의 그 충정을 더듬으며.

다시 피는 꽃

숭고한 희생을 보았지요
눈시울을 적시며
어려운 희생을 보았지요
사람들이 사람들이
자신만을 돌아보며
나라 사랑을 잃어버릴 때
그 영혼이 우릴 살렸지요
정신을 살렸지요
더 큰 삶을 살다 간
그 정신을
우리에게 던져주고
나라 사랑을 비추니
그 영혼이 옵니다
춘사월에
아름다운 꽃이 되어
호국영령의 꽃이 되어
그 아름다운 영혼이
다시 피어납니다
우리 집에서는
군자란의 꽃 봉우리로
저 집에서는 난 꽃으로
훨훨 타는 대지에서는
이름 모를 야생화로
그 영혼이
훨훨 타오릅니다.

2010. 4. 5
*고 한 준위의 거룩한 희생을 기리며.

16

경제전쟁도 고삐를 늦추어서는 안 된다

1930년대 경제 대공황 이후로 가장 혹독한 위기라고 말하는 경제의 어려움으로부터 점차 세계의 경제가 회복되는 추세에 있으나 글로벌 차원의 경제적인 안정과 지속적인 균형 성장의 문제 그리고 금융규제 개혁의 문제 등으로부터 우리나라가 한가롭게 팔짱을 끼고 볼 여유가 없어 보인다. 필자가 이러한 구조적인 거대한 흐름을 느끼는 것은 과거 중앙 부처의 통상 분야에 공직자로 몸을 담으면서 그 중요성을 누구보다도 잘 실감하면서 국가의 문제를 고민해 왔기 때문이다.

작금에 북한 핵, 그리고 천안함 침몰로부터 파생된 안보의 취약성(vulnerablity)에 대한 국민들의 관심과 민감성이 매우 증대되었지만, 이러한 와중에서도 대한민국의 선진부국 진입을 위한 가장 기초적인 경제 문제에 대한 국민들의 관심과 독려가 더더군다나 적어서는 안 된다고 필자는 생각한다.

지금까지 2008년도의 하반기 미국발 금융 위기에서 시작된 세계의 경제 위기가 1년 만에 회복세로 돌아설 수 있었던 배경에는 세계 주요 금융 선진국들의 신속한 정책적 처방, 특히나 재정적인 투입을 통한 경기 부양 조치가 매우 중요한 기반이 된 것이다. 2010년도에도 각 국가들의 완전한 경제 위기 극복을 위한 노력은 계속될 것이다.

많은 경제학자들도 2010년도에 들어서서는 과거의 팽창적인 경기 부양 조치의 지속에 대한 어려움을 예견하면서 지난 피츠버그 G-20 정상회의부터 논의된 팽창 지향적인 거시 경제 정책을 언제 긴축시킬 것인가에 대한 주요국들의 조율과 시책 조정이 출구전략(exit strategy)의 적절한 마련을 위해서 매우 중요한 과제가 될 전망이다.

2010년도에는 무엇보다도 각 국가 간의 선진국을 중심으로 한 경제 성장의 균형점을 찾는 노력이 부각될 것이다. 이미 지난 1997년에 심각한 외환 위기로 금융 위기를 겪은 한국을 비롯한 많은 아시아의 신흥개도국들은 국제 자본시장에 대한 접근이 막히는 것에 대비하여 '수출주도형경제성장전략(export-led development economic growth strategy)' 추진으로 많은 외환 보유고를 갖고 있는 상황이다. 한국, 중국, 싱가포르, 대만 등의 이러한 지속적인 전략이 필연적으로 많은 외환 보유고를 가능하게 만들었고 이는 다른 국가들의 대규모 경상수지 적자를 의미하기에 거시적인 관점에서 이를 조정하기 위한 경제 강국들의 담합과 조율이 불가피하게 등장할 것이다. 특히나 올해 서울에서 개최되는 G-20 정상회의에서는 이러한 심각한 경제 불균형에 대한 시정 노력이 폭 넓게 논의될 것이다. G-7을 중심으로 한 선진국들은 만성적인 경상수지 적자와 금융 위기 이후 자산 가격 급락을 경험하였고, 경제가 완만하게 회복되는 토대에서도 인플레이션을 예방키 위한 출구전략을 찾게 될 것이다.

우리나라도 전 세계적인 흐름의 연장선상에서 과거와 달리 이러한 추세를 잘 읽고 선진국으로부터의 수요와 투자, 그리고 자본의 유입이 감소될 것에 대비하여 우리 스스로 내부에서도 성장 동력(growth dynamics)을 찾는 노력을 게을리해서는 안 될 것이다. 가능하면 지속적인 수출과 더불어서 내수 및 민간투자로 성장 동력을 어느 정도로 대체할 수 있는 방안도 찾아보면서 장기적인 추세로 경제 성장세를 유지하는 종합적인 경제 전략의 수립을 압박받고 있는 시점인 것이다.

미국과 중국에게 많은 경제 성장 및 협력의 고리를 기대고 있는 우리나라의 입장에서는 내수의 확대를 통하여 글로벌 불균형 문제의 점진적 해소를 위한 나름의 노력이 필요한 시점이고, 세계 경제 회복이라는 토끼를 G-20 개최국으로서 적극적으로 잡아갈 수 있도록 적극 협력한다는 대외 홍보성 전략이 필요한 시점이다. 특히나, 중미 간의 긴밀한 협의 채널 가동이 이러한 전 지구적인 과제의 성공을 좌우하는 현실에서 조정을 가능하게 하는 여러 정책들 중에서도 우리나라가 가능한 한 할 수 있는 방향으로 국가 예산이 허락하는 범위 내에서의 사회보장제도의 강화, 가계신용(consumer credit)에 대한 접근성의 확장, 그리고 경상수지 흑자 부분에 대한 나름의 대책 마련 등이 매우 큰 긴급 현안으로 대두될 것이다.

이제는 가장 중요한 국가의 안보 문제와 더불어서 세계 경제의 흐름을 매우 적극적으로 수용하고 동참하는 거시적인 경제 정책의 조정 및 추진에도 온 국민적인 공감대가 깊이 있게 마련되어야 할 것이다.

2010. 4. 5

아! 그 눈물
—순국한 장병들에게 드리는 조시

고귀한 생명들이 갔습니다
나라를 위한 충정(忠情)으로 일하던 그들
오직 국민의 소임을 다하던 그들
그렇게 삶을 외치다 갔지요
부모님을 부르다가 갔습니다
부모님의 그 뜨거운 눈물들이
그 성스런 눈물들이 뺨에 흐릅니다
대한민국을 지키려는 그들의 마음
나라를 지키려는 그들의 마음
오직 그 마음으로 갔습니다
부모님들이 이 시간 그리 슬퍼도
먼 훗날 아주 먼 훗날
이 나라가 통일 민주 국가로 거듭나면
자유 민주 통일 국가로 태어나면
그 숭고한 죽음을 기리며
대한민국 사랑의 노래를
하염없이 부를 수 있을 것입니다
비록 고귀한 생명들은 갔지만
그 뜨거운 충정은 바로
우리들의 가슴에 영혼에
깊게 깊게 남아 있습니다.

2010. 3. 30

국가적 위기에 보는 한미 동맹

아직도 정부와 군 당국이 초계함 천안함이 기뢰나 어뢰에 의한 폭발 여부를 놓고 결론을 내지 못하는 모습에서 우리 군의 상황적 어려움이 여기저기서 감지가 된다.

만약 천안함이 어뢰로 공격을 당했다면 이것은 명백한 무력도발이고 국제법상으로도 군사적 적대행위로 간주되기에 대한민국의 방위를 합동으로 책임지고 있는 한국과 미국은 매우 신중한 반응을 보이면서 대응을 할 수밖에 없는 상황이다.

굳이 천안함을 물 밖으로 인양해야 그 이유를 정확하게 알 수 있는 상황에서 모든 이유를 떠나서 우리는 대한민국의 안보(安保)를 한 번 더 심각하게 점검해야 하는 절대절명의 과제를 놓고 고민해야 한다.

지금처럼 국론이 세종시, 4대강 문제를 놓고 분열하고 있는 정국을 보면 정부 여당도 반대 의견을 내는 집단들과 더 대화를 할 필요성도 있지만 야당을 비롯한 일부 세력들의 발목을 잡는 무조건 반대형식의 정국이 계속된다면 이와 유사한 국가 비상사태가 발생 시에 우리 국민들이 누굴 믿고 안보 불안감을 해소해야 하는가 하는 근본적인 문제점도 떠오르는 것이다.

모든 국민이 우리 정부와 군을 신뢰하고 따르는 사건규명 및 사후처리가 매우 중요한 과제로 대두되고 있다. 매우 다행스럽게도 지금 어떠한 안보 상황에서도 한미연합사 체제가 살아 있고 그 바탕 위에 한미 동맹이 잘 작동하고 있기에 우리는 많은 심정적인 안정감을 갖고 이 사태를 지켜보고 있는 것이다.

향후에도 한미연합사 체제가 원활하게 작동하는 모습으로 국민의 불안감을 해소하고 국제사회가 한반도의 안보에 불안감을 갖지 않도록 하는 것이 지금의 세종시 논쟁이나, 4대강 논쟁보다 훨씬 더 중요하다는 것을 우리 정부가 굳게 인식할 필요가 있어 보인다. 현실감각이 배제된 안보 논리는 종국에 우리 모두에게 독약(毒藥)이 될 수가 있는 것이다. 이번 사태는 모든 가능성을 열어놓고 볼 때에 매우 중요한 계기를 우리 모두에게 던져주고 있는 것이다.

한반도가 아직도 전쟁이 종결된 상황이 아니라 잠시 휴전(休戰) 중이란 생각을 국민들이 더 절실하게 한다면 왜 지금 한미 동맹이 더 필요하고, 북한의 대남 전략에 말리는 평화협정 체결논의가 시기상조가 될 수 있음을 국민들이 알아야 하는 것이다. 북한의 논리가 우리의 논리가 안 되는 한반도의 현실에 대한 국민들의 관심과 염려가 더 있어야 한다고 생각한다.

이러한 상황에서도 한미연합사 해체를 전제로 진행 중인 전시작전통제권전환(OPCON)을 다가오는 2012년도에 예정대로 하는 것은 우리 안보에 보이지 않는 큰 공백을 만드는 일임을 우리 모두가

더 절실하게 깨닫고 미국 정부를 설득하고 한반도의 굳건한 안보
공공재(securith public good)를 확보하는 일에 온 나라가 총력으로
매진해야 할 것이다.

2010. 3. 30

봄 꽃

구름이 끼나 보았네
눈비 오나 보았네
그 하늘엔
하얀 미소뿐
그 땅 위엔
꽃망울들뿐
이 세상에는
하얀 마음뿐.

2010. 3. 26

성직자는 종교적 보편성을 준수해야 한다

오늘 주요 일간지의 하단 광고란에 필자의 눈길을 끈 문구가 발견되었다. 뜻이 있는 천주교 평신도 모임 이름으로 광고를 낸 이 광고내용의 핵심은 '성당에 가서 미사 드리기가 무섭습니다' 라는 제목이었다.

더 구체적인 내용은 천주교 주교회의가 '4대강 사업 반대'의 입장을 내놓은 이후 가톨릭 교계에서 많은 반론(反論)이 있음을 보여주는 사례라 할 것이다.

결국 특정 종교를 섬기는 성직자들이 보편적인 종교의 논리를 떠나서 어떠한 특정한 이념이나 정책 노선에 영향을 받을 수 있다면 그것은 성직자의 근본적인 의무와 도리에 어긋난다는 주장일 것이다.

이 광고내용 문구 중에서도 주교회의의 '정의평화위원회'가 작년의 제주도 해군기지 건설 문제 반대 사례까지 들면서 순수한 종교적 헌신과 균형 감각이 불충분한 식견으로 사회문제에 대한 의사표현들이 많은 신도들의 마음을 불편하게 한다는 내용이었다.

더군다나, 정의구현사제단이란 단체의 일부 사제들이 미군기지 이전사업을 무산시키기 위해 죽창을 들고 시위대의 선봉에 서던 것과 쇠고기 파동 때에 사제들이 촛불시위를 주도하는 모습을 어떻게 해석해야 하는지 많은 천주교 평신도들이 의아해하고 있다는 내용이었다.

본래 자연보호나 평화사상, 생명존중 등의 기본적인 시민운동은 인류의 보편적인 진리라서 교회가 이러한 진리를 지키는 것에 적극 찬성하지만, 만약 이러한 운동을 하는 분들 중에 천주교의 이름으로 특정이념에 편향되어서 국가의 정상적인 정책 이행마저 불순한 의도로 왜곡시키려는 의도가 조금이라도 있다면 이를 매우 경계하해야 하고 특정 이데올로기가 교회에 파고들어서 일부 성직자들이 이를 추종하는 모습으로 정의(正義)를 실천한다는 것은 매우 경계해야 될 것이란 암묵적인 이들의 주장은 너무나 타당하고 중요한 공론(公論)이란 생각을 지울 길이 없는 것이다.

참 종교인으로 인류의 보편적인 진리(眞理)를 존중하고 설파하는 것보다도 균형 잡히지 않은 시각으로 한쪽 면만 크게 부각시키는 행위는 종국적으로 일부 성직자들의 이름으로 그 종교의 보편적인 진리성 그리고 신성성을 떨어트릴 수 있는 여지가 많이 있을 것이다.

특히나, 그 광고의 말미에 북한의 인권유린 현장에 대해서는 침묵하고 있는 일부 성직자들의 정치적인 접근법에 대해서 물음을 던지는 모습에 많은 국민들도 같은 심정으로 그들을 지켜보고 있음을 그들이 명심해야 할 것이다.

2010. 3. 25

중국이 보는 서구 민주주의

3월 22일자로 *International Herald Tribune*지의 3면에 Edward Wong 기자가 베이징발로 쓴 기사 'Democracy of West not for China' 라는 기사를 보면 무조건 민주라는 글자로 모든 것을 합리화하는 집단이나 세력들에게 약간은 생각을 하게 하는 단서가 발견된다.

그렇지 않아도 경제적인 여건이 성숙되는 과정에서 "중국의 공산당(CCP)을 중심으로 한 일당 통치가 언제까지 가능할 것인가"라는 주제로 많은 학자들이 논쟁을 하고 있는 상황에서 중국의 한 관리가 향후 중국이 취할 수 있는 서구식 정치 개혁에 대한 가능성을 일축한 것이 매우 흥미롭게 필자의 뇌리에 다가온다.

Li Fei 부주임(deputy director of the legislative affairs commission of the standing committee of the National People's Congress)이 비록 중국을 대표하지 않지만, 중국의 영자지인 *China Daily*와의 인터뷰에서 "서구의 선거제도는 단지 부자들만 이득을 가져다 주었다. 그리고 자본주의가 그 본래의 의미를 왜곡하였다. 서구식 선거

제도는 부자들을 위한 제도이다. 후보자가 동원할 수 있는 자원이나 자금력에 의해서 영향을 받는 선거가 진정한 민주주의는 아니다. 그러한 영향권에서 당선된 후보자는 그들이 속한 집단이나 후원자 혹은 소수의 특권 계급을 위한 대변인 역할을 할 뿐이다.(the Western system of elections simply benefited the wealthy and warped by capitalism. Western-style elections, however, are a game for the rich. They are affected by the resources and funding that a candidate utilize. Those who manage to win elections are easily in the shoes of their parties or sponsors and become spokespersons for the minority)"라고 서구의 민주주의에 대해서 매우 냉소적인 진단을 하고 있다.

물론, 서구의 자유민주주의가 완벽한 제도는 아니지만, 그래도 인류의 문명이 태동한 이래 그래도 가장 국민들의 주권(主權)을 보장하고 실천하는 메커니즘에 가장 다가선 제도라는 생각에는 큰 이견(異見)이 없을 것이다. 앞으로 민주주의의 결점을 어떻게 보완해 가느냐는 큰 과제가 바로 앞서 언급한 중국의 한 관리와 같은 비판을 어떻게 수용하고 개선하느냐는 문제인 것이다.

냉정하게 생각하면 국민 모두가 민주라는 이름을 항상 언론 매체나 학교교육을 통해서 접하고 살아왔지만 대의민주주의(representative democracy)가 원활하게 작동하지 못하는 상황에서 진정한 국민의, 국민에 의한, 국민의 정치를 실천하는 것은 매우 어렵다는 것을 우리가 다 알고 있는 것이다.

민주주의가 철학이 부재한 권력 추구가나 일천한 천민 자본가들의 도구가 되어서 국민 대다수의 안보와 국민 복리증진보다는 특권 계층의 기득권을 유지하는 도구로 전락하지 않게 모든 국민들이 감시와 참여를 게을리하지 않고 적극적인 시민으로 거듭나는 것이 매우 큰 과제가 될 것이다.

대한민국 국민도 어쩌면 이러한 공공재를 만드는 일에 더 많은 관심과 참여를 해야 후손들이 진정한 민주주의를 경험할 것이다.

2010. 3. 22

영혼의 아픔

우리는 모두 기쁩니다
매일 매일 기쁩니다
오늘도 기쁘고
내일도 기쁩니다
기쁘다가도 갑자기
영혼이 아픈 날도 옵니다
웃고 떠들다가
깊은 생각을 하고
사람들을 생각하면
갑자기 슬픈 얼굴로
마음의 아픔을
숨길 수가 없습니다
영혼이 아픕니다
사람들 때문에
마음이 아픕니다.

2010. 3. 18

오바마 대통령에게

　세계의 경찰국가 역할을 담당하는 총수로서 아프칸, 이라크, 이란, 북한 등의 문제로 많은 고민을 하시는 것으로 알고 있습니다.

　대통령 취임 직후 한국을 방문하고 한국의 문화와 교육열 등에 많은 찬사를 보내주신 대통령님의 높은 식견(識見)에 감사의 마음을 전합니다.

　저는 대한민국의 일개 평범한 정치학자의 한 사람으로 그동안에 개인의 문제보다도 나라의 문제에 많은 시간과 열정을 바치고 연구해 왔다는 자부심으로 오늘은 공개적으로 미약한 힘이나마 대한민국의 애국 세력의 마음을 담아서 미국의 대통령에게 주제넘은 말씀을 전할까 합니다.

　각종 언론에 저의 변변치 않은 글들이 소개되고 인용되면서 과거에도 나름의 충정(忠情)으로 이명박 대통령, 북한의 김정일 위원장에게 공개서신을 보낸 기억이 있기에 이러한 연장선상에서 이 글을 드리게 된 것입니다.

　세간의 흐름을 읽고 민초(民草)들의 마음과 우국충정(憂國衷情)

을 갖고 있는 애국 세력들의 마음을 가감이 없이 전하여서 한반도의 평화가 정착되고 대한민국의 종묘(宗廟)와 사직이 탄탄해지는 날을 고대하면서 이번에는 대한민국의 안보 사안에 절대적으로 중요한 이야기 하나를 가감 없이 해 드릴까 합니다.

냉전이 해체되었다는 통설 속에서도 상호의존성이 날로 확대되는 국제사회에서 한미 동맹의 중요성이 어쩌면 더욱더 커지고 있는 시점이기에 잘못된 판단이나 단기적인 미국의 이익에 몰입되어서 장기적인 동북아시아의 평화가 흔들리는 일이 없었으면 하는 마음입니다.

우선 대한민국의 안보와 한반도의 평화는 그 누구도 아닌 바로 우리 자신 대한민국 국민들과 이 나라의 지도자들의 몫이 제일 큽니다. 지구촌 시대에 서로 맞물려 있는 국가의 이익을 고려하면 그 다음으로 미국처럼 세계의 평화를 위한 활동에 많은 공공재(public good)를 공급하고 있는 나라의 역할도 매우 큽니다. 특히나 지난 6.25전쟁 이후 한미 동맹을 근간으로 대한민국이 이룩한 경제 발전의 신화와 민주주의 발전의 기록은 이미 전 세계가 부러워하는 벤치마킹의 대상이 되었고 앞으로도 이러한 행진이 계속될 것이란 믿음이 확고합니다. 대한민국의 지속적인 성장이 없이 한반도 문제의 영구적인 해결이 불가능하기 때문입니다.

이러한 시점에서 미국 정부가 과거 감성적인 민족 노선으로 전작권 문제를 접근한 좌파 정부였던 노무현 정부가 섣부르게 요청한 '전작권 전환 문제', 정확하게 표현하면 '한미연합사 해체 문제'를 예정대로 2012년 4월에 강행한다는 것은 많은 문제점이 보입니다.

이미 대한민국의 안보를 걱정하는 우국 세력들이 1,000만 명이나

가깝게 서명을 하고 있는 이 문제는 한반도에서 태어나 북한과 대치하는 구도에서 군 복무를 하고 안보를 걱정해 온 저 같은 평범한 국민에게도 그리 쉽게 처리할 문제가 아니라는 생각이 듭니다. 이 문제는 국내의 수구적인 친북 좌파들이 쉽게 이야기하는 민족자주의 문제와는 본질적으로 거리가 먼 문제인 것입니다.

전 백악관 선임보좌관을 지낸 조지타운대의 마이클 그린 교수도 이 문제를 한국 정부가 공식적인 라인으로 요청하면 미국 측의 긍정적인 답변이 있을 것이란 주장을 하는 마당에, 우리 정부도 더 많은 분석과 고민을 해야 한다고 봅니다. 랠프 코사 국제전략문제연구소(CSIS) 태평양포럼 소장도 2012년이 북한이 핵 보유국을 기정사실화하는 강성대국을 목표로 하고 있는 시점에 2012년이 좋은 시점이 아니라는 주장을 하고 있는 점을 사려 깊게 보시기 바랍니다.

작년에 서울에서 개최된 '한미 연례학술회의'에서도 필자와 같은 의견으로 발표를 한 브리스 백톨 미해병참모대학 교수도 지금은 한미연합사를 해체하는 수순을 예정대로 진행하는 것이 한반도의 안정을 위해서 바람직스럽지 않다는 주장(2009년 10월 30일 동아일보 12면 전면기사 참조)을 하고 있는 것을 각하의 주변 참모들이 잘 모니터링하고 다시 이 문제를 한미 간의 주요한 핵심 과제로 다루고 전환시점을 연기하는 노선으로 가시기 바랍니다. 당시 월터 샤프 주한UN군사령관에게도 면전에서 필자는 이 문제의 본질을 다시 확인하고 연기하는 쪽으로 협의가 되는 것이 맞다는 주장을 공개질의 형태로 분명하게 한 기억이 생생합니다.

제가 알기로는 지금 미국의 싱크탱크인 신미국안보센터(CNAS)

에이브러햄 덴마크 선임연구원이 지난달 한국을 방문하여 한국의 주요 정부관련 당국자들과 면담을 하고 매우 중요한 보고서를 작성한 것으로 압니다. 이 문제는 한국이 방위비를 더 부담하고 안 하고 하는 기능적인 측면보다는 한반도와 동북아시아 전체의 안정을 위한 거시적인 관점에서 더 큰 관심으로 다루어져야 할 사안이란 생각입니다.

작고한 노무현 대통령의 '관념적인 자주론'이 불러온 이 문제의 허상(虛像)을 이제는 우리 국민들이 잘 알고 있으며 이 시점에서는 현실적으로 북한의 체제 불안과 핵 문제에 대한 본질을 다시 확인하고 북한 체제가 안정적으로 다시 태어나고 핵 문제가 투명하게 결론을 얻을 시점까지라도 이 문제는 다시 조정되어 2012년이라는 데드라인은 폐기되는 것이 합당하다는 저의 식견입니다.

IAEA를 중심으로 한 국제사회의 노력에도 불구하고 북한의 핵 문제는 아무런 진전도 없이 북한 정권의 전략·전술로 핵 보유국가로 인정되기 바로 직전에서 서성이고 있습니다. 아무런 실익이 없는 6자회담 복귀 문제로 시간을 허비하면서 북한 정권을 살려주고 있는 것입니다.

한미 동맹의 핵심 근간인 한미연합사의 본격적인 해체를 가져올 '전작권 전환 문제'는 다시 전반적으로 검토되어서 대한민국의 우국충정을 담은 목소리가 한국이 가장 믿는 동맹국에 의해서 합리적으로 처리되기를 간절하게 소망합니다.

미국의 핵확산방지정책(NPT)이 갖고 있는 의미와 고민을 잘 알고 있지만 이 문제는 국제정치학자로서 보아도 현실적인 대안(代案)을 만드는 노력으로 다시 그 시기를 조정하는 것이 타당합니다.

필자가 보기엔 이 문제는 필자와 같은 평범한 학자가 제기하는 것보다, 오히려 대한민국의 대통령을 비롯한 관련 부서들이 공식적으로 다시 제기하여야 맞지만 아직 그렇지 못한 상황을 보면서 안타까운 마음을 갖고 있습니다. 필자가 모르는 현실적인 고민이 정부에 있을 것이란 생각도 해 봅니다.

지금 이 문제와 더불어서 '한미 자유무역협정(Korea-US FTA)' 문제도 우선 대한민국의 국회가 먼저 처리하고 미국의 의회를 압박하는 것이 논리적인 수순인데 아직도 대한민국의 정치권이 확인도 어려운 국익을 세종시 문제에서만 보고 시간을 낭비하는 것이 마음이 아픕니다. 대한민국 국회와 정치권이 이러한 문제에서 만큼은 나라를 사랑하는 국민들에게 매우 불편하게 느껴지는 현실을 아시고 미국도 하루속히 이 문제를 마무리 짓고 경제적인 한미 동맹의 핵심축(軸)이 될 이 문제를 하루빨리 매듭지어 주시길 부탁드립니다.

자유민주주의와 시장경제 질서의 확립과 확산에 같은 정치적 철학을 공유하고 있는 미국과 대한민국이 동북아지역에서 불안정한 핵 문제를 중심으로 한 북한 변수의 합리적인 처리가 없이 다른 영역으로 확대될 수는 없는 것입니다.

어쩌면, 과거 대한민국이 미국과 나누었던 굳건한 우정(友情)의 토대들이 더 확산되고 공고화되는 과정에서 대한민국의 선진화가 가능할 것이고 미국이 추구하는 합리적인 동아시아 전략도 확립될 것입니다.

지금 우리 국회도 더 큰 시야로 국제 문제를 분석하고 아프칸 파병 문제, 전작권 전환 문제, 한미 FTA 비준 문제 등을 더 큰 현실감으로 다루어야 하지만, 그렇지 못한 상황을 어쩌면 다소 부끄럽게 여기면서, 일개의 평범한 시민이 나라 걱정하는 작은 식견(識見)을 두서없이 담아 보았습니다. 오바마 대통령께서 드리는 대한민국을 향한 이 소시민의 충정과 근심을 잘 헤아리시길 기원하면서 두서없는 편지를 마칠까 합니다.

2010. 3. 15

국민들의 기약 없는 기다림

　세종시 문제로 한나라당내에서 '중진협의체'를 구성하는 등 나름의 노력을 하고 있지만 이미 너무나 많은 국력이 소진되고 국론이 분열되는 방향으로 잘못 전개된 이 문제가 앞으로 대한민국에 어떠한 복병(伏兵)으로 다가올지는 두고 볼 일이다.

　정치권이 그렇지 않아도 할 일이 태산 같은 국면에서 지금 국가 경영의 효율성 측면에서 보아도 이 문제는 너무나 많은 국론 분열과 국력의 낭비를 가져온 것이다.

　정작 우리 국익의 핵심 의제인 전작권 전환이나 한미 FTA 비준 같은 문제에는 소경처럼 그냥 보고만 있는 형국이 되고 있는 것이다.

　집권당의 중진협의체가 아무런 결론을 낼 수 없을 것이란 아주 평범한 판단을 국민들이 하고 있는 것을 보면 앞으로 한나라당의 당내 화합이 많은 기간을 두고 우여곡절을 겪을 것이란 평범한 판단도 가능하다.

　정치권이나 지도층이 이 문제를 해결하지 못하면 그 해결방법은 간단하다.

이제는 국민들이 대의(代議)정치를 하는 이 민주주의 제도의 결점을 보완하기 위한 대대적인 국민운동을 전개해야 하는 시점이다. 그렇지 않고서는 이 문제의 해법이 지금 당장은 보이지 않기 때문이다.

국민들이 선진화의 주역이 되지 못하고 민주화를 넘어가는 질적인 민주주의 완성과정에서 잘못된 정치인들의 포퓰리즘에 놀아나고 그에 편승하는 모습을 보여서는 이 나라의 민주주의 장래가 매우 암울하다 할 것이다.

이제는 국민들이 무엇이 국가와 국민 전체의 이익을 위해서 더 나은 안(案)이 될 것인지 냉정하게 심사숙고하고 정치적 파벌과 연고를 떠나서 이 문제를 판단해야 하는 것이다.

아직은 이 문제가 국민투표라는 극한적인 결정 메커니즘으로 갈지 아닌지는 두고 보아야 하지만, 그래도 아직 우리 국민들은 대의민주주의의 산실인 국회에서 이 문제를 합리적으로 처리하기를 기다리고 있는 것이다. 대한민국의 국운이 상승하는 방향으로 나아가길 기도 드릴 뿐이다.

2010. 3. 11

인왕산(仁王山)

봄이 왔다더니
다시 온 겨울이
봄자락을 잡고 있네요
광화문 네거리에
봄 눈물이 흐르더니
인왕산은 아직도
하얀 소복을 입었어요
누구에게는 눈 축제
누구에게는 날구지라지만
허연 소복을 입은 세상은
누구의 마음에 있나요
더 편한 세상을 갈망하는
사람들이지요.

2010. 3. 10

그 자리

나무는 알고 있네요 그 자리의 의미를
수많은 사람들이 바로 그 자리에 앉아
잠시 쉬어가면서 많은 상념들을
바로 앞의 그 나무에게
남겨두고 갔어요
나무는 알고 있지요
이 세상에는 편치 않는 사람들이 훨씬 더 많다는 것을
그들의 독백으로 나무는 알고 있지요
그들의 표정으로 잘 알고 있지요
나도 오늘
바로 그 자리에 앉아 많은 고민을 나누었지요
옆에 서 있는 그 나무와 그렇게 나누었지요
그 나무는
오늘도 안타까움으로 웃는 사람들이
더 많이 오기를 기다리고 있지요.

2010. 3. 6

묻어야 할 민족 공조의 위선

지난 밴쿠버 동계올림픽에서 보여진 민족적 자긍심과 한민족의 우수성을 오히려 숨기고 폄하하는 북한 당국의 태도는 또다시 우리에게 지난 좌파 정권 10년이 얼마나 잘못된 노선으로 대북 문제를 다루어 왔는지를 단적으로 증명하는 좋은 예인 것이다.

전 세계의 찬미와 박수 속에서 김연아 선수의 영광스러움을 우리 국민들이 축하하고 있을 바로 그 시각 역시 일당독재 국가답게 일반대중들의 알권리를 철저하게 차단하고 있는 북한은 이렇게 엄청난 민족적 뉴스를 철저하게 보도 통제하면서 대한민국이 많은 메달 수를 따면서 기록한 종합성적 5위라는 사실을 철저하게 숨기고 단지 중국이나 외국선수들의 동정만 보도했다니, 우리가 같은 민족의 이름으로 왜 그리 많은 관용을 베풀고 그들을 도왔는지에 대한 정답을 찾기가 쉽지가 않다.

이 질문은 단지 국민들의 상식적인 판단에 근거하고 전략적인 고민을 담고 있지 않지만, 이 상식적인 질문에서 어쩌면 북한 문제에 대한 앞으로의 해답이 있을 것 같아서 다시 지적해 보는 것이다.

이렇게 우리 민족을 무시하고 자신들의 이득만 취하면서 남아공 월드컵에서 공동응원단을 꾸리자고 제의하는 그들의 모습은 너무나 뻔한 속마음이 보여서 가련하기까지 한 것이다. 이러한 모습을 보면서 균형감을 상실한 민족 공조를 외치는 친북 세력들이 어떠한 논리로 이러한 북한의 행태를 엄호할 것인지 필자는 잘 살펴볼 것이다. 민주적 다양성이란 이름으로 우리가 모든 것을 다 포용할 수는 없는 일인 것이다.

2010. 3. 6

대한민국의 겉도는 민주주의

이제 다시 지방선거 시즌이 되니 다시 대한민국의 발전을 저해하는 못된 후진 정치망령이 다시 살아날까 걱정이 앞선다.

언론들은 앞을 다투어 깨끗한 공천, 투명한 선거과정, 매니페스토운동의 타당성을 홍보하고 있으나 절차상 이러한 민주적 가치들이 심도 있게 지켜질 수 있는 것인지에 대한 세간의 관심과 우려가 크다.

그때 그때 면피만 하고 책임을 질 줄 모르는 대한민국의 정치문화는 이제 과감하게 청산되어야 마땅하지만 아직 그 끝을 모르고 어두운 터널을 지나고 있다.

끝을 모르고 퍼져가는 북한 문제와 더불어서 한국 정치의 선진화를 위한 핵심 개혁 대상인 것이다.

최근에 한나라당이 보여준 세종시 문제를 둘러싼 당내의 권력투쟁 문제, 그 문제의 진원지인 민주당이 보이고 있는 태도, 그리고 지역민들의 얽힌 감정 등을 들여다보면, 이번 선거도 바로 이러한 진흙탕의 언저리에서 우리가 원하는 선거문화의 꽃을 피우기가 힘들 것이란 걱정을 해 본다.

돈 정치, 파벌 정치, 지역주의 정치, 이데올로기의 정치, 갈등과 대립의 정치라는 흙탕물에서 나오고 있지 못한 우리의 현재 모습을 과감하게 청산하는 국민들의 각성운동, 정치권의 대대적인 물갈이 추진, 객관적인 평가 시스템의 마련 및 운용과 더불어서 한판의 시험대를 통과해야 하는 시점이다.

항상 언론의 지면을 통하여 지식인들의 글도 많고 주장도 많이 보도되지만, 국민들이 이러한 논리 앞에서 실천적인 규범을 놓고 얼마나 심각하게 정치인들을 추궁하고 더불어서 고민하고 있는지는 전혀 별개의 문제인 것이다.

부디 이러한 악순환의 고리를 넘어서 진정으로 우리가 들여다보아야 하는 더 중요한 국가의 현안(懸案) 앞에 여야가 각성하고 모여서 국익(國益)을 위한 논의를 활성화하고 국익을 위한 정치를 우선시하는 선진화의 기틀이 마련되길 두 손 모아 빌 뿐이다.

2010. 3. 5

우리 모두 역사의 죄인입니다

대한민국의 국민으로 감격의 눈물을 흘린 지난 일주일은 기쁨과 환희의 의미를 우리에게 만끽하게 해 주고 대한민국 국운의 획기적인 상승을 체험하게 해 준 격정의 감흥을 체험한 시간들이었다.

동계올림픽에서 김연아 선수를 비롯한 우리의 젊은이들이 투혼(鬪魂)을 불사르며 이룩한 올림픽의 쾌거는 지난 1세기 전의 국권 침탈의 역사를 알고 있는 우리에게는 정말로 기적 이상의 대단한 역사적 드라마라는 자리매김에 그 누구나 동의하지 않을 수 없는 황홀과 자부심의 시간들인 것이다.

그 자리에 갈 때까지 얼마나 큰 고통으로 많은 훈련들을 감당해 갔을까? 찬사를 보내지 않을 수가 없다.

그러나 역사에는 항상 승자(勝者) 뒤에서 눈물을 흘리는 패자(敗者)가 있어왔다. 같은 노력과 고통으로 불운의 아픔을 곱씹는 사람들도 있음을 우리가 기억할 필요가 있다. 역사의 무대에서도 항상 승자보다는 패자가 더 많은 우리 인류문명의 패러다임을 우리가 인정하지만, 그 고통과 아픔까지도 다 묻어버리는 오류는 우리 스스로 수정하는 것이 바람직하다는 판단이다.

필자는 지금 역지사지(易地思之)의 심정으로 아깝게 금메달을 놓치고 불운의 눈물을 흘려야 했던 우리의 선수들에게 국민들이 수여하는 국민의 금메달을 걸어주는 운동을 벌이자는 주장도 하고 싶은 것이다.

2002년 올림픽에서도 김동성 선수의 금메달을 박탈했던 호주 출신의 제임스 휴이시 심판이 이번 대회에서도 3,000미터 여자계주 종목에서 매우 불확실한 판단으로 우리 여자선수들의 금메달을 박탈한 것은 이제 우리 국민들이 보상할 몫이 된 것이다. 민주주의는 경쟁(競爭)의 원리도 중요하지만 더 중요한 것은 객관적인 평가 시스템이 작동하고 화합과 보상의 원칙이 잘 작동하여 모든 결과적인 상훈이 강자와 승자에게 독식되기보다는 전 국민에게 노력한 만큼 골고루 돌아가게 하는 경쟁 이후의 메커니즘의 생성 발전에도 역사는 많은 무게를 두어왔다는 사실이다.

바로 이러한 메커니즘이 엉터리로 작동하고 특정 계층의 특권을 위한 사회로 사회가 전락하여 국가 사회주의, 공산주의라는 역사의 커다란 실험을 지난 70년 동안 치루었던 인류의 역사가 아직도 우리 앞에는 분단이라는 이름으로 망령처럼 서성이고 있음을 우리가 잊어서는 안 될 것이다. 아직도 북한 땅에는 마르크스의 잘못된 이론이 북한 땅에서만 가능한 잘못된 우상으로 전이되어서 마지막 고통스런 숨을 거칠게 몰아쉬고 있는 것이다.

역사가 무엇이란 말인가? 우리 모두가 역사의 죄인이 되지 않기 위해서는 바로 모든 문제에서 균형이 잡힌 시선으로 우리의 문제를 보아야 한다는 것이다.

필자는 오늘 3.1절을 맞이하여 바로 불과 100년 전에 지금의 영광과는 정반대의 암울함이 지배하던 시기에 국권(國權)이 땅속에서 신음하던 아픔을 안고 나라를 위해서 몸을 던진 안중근, 유관순 의사, 열사의 마음을 생각하면서 가슴이 뭉클함을 느낀다.

지금 우리에겐 올림픽 메달 앞에서 기뻐하는 것 이상의 역사교육을 위한 국민들의 각성이 필요한 시점이라는 생각이다. 왜 우리 민족이 임진왜란을 겪으면서 불멸의 나라 사랑을 몸소 실천한 이순신이라는 영웅이 나왔으며, 왜 일제에게 나라를 내어주는 수모를 겪는 아픔 속에서도 안중근 의사와 같은 살아 있는 정신(精神)이 나왔는지에 대한 우리 후손들의 인식이 많이 부재하다는 현실을 어떻게 설명해야 하는가? 그러한 열정이 없다면 지금 우리가 손에 거머쥐고 있는 밴쿠버 동계올림픽에서의 이 영광의 의미가 더 크게 우리 역사 속에 각인(刻印)되기가 힘이 들기 때문이다.

우리 민족이 수난을 겪을 때의 눈물과 지금의 기쁨의 눈물을 우리가 균형 잡힌 시각으로 소화하지 못한다면 우리 모두는 역사의 죄인으로 둔갑할 확률이 많은 것이다.

대한민국의 역사교육이 오늘처럼 몰가치한 풍조 속에서 그 정신을 잃어버리고 표류한다면 지금 이 사회의 빛과 소금 역할을 다 해야 하는 교육자, 정치인들을 비롯한 이 땅의 지도층들은 모두 역사 속의 죄인이라 할 것이다. 지금은 과거 좌파 정권 10년의 잘못된 유산을 다시 정립하고 대한민국의 역사가 승리한 바른 역사관을 우리가 더 정밀하게 정립하여 대한민국의 정신을 세우는 작업이 절실하기 때문이다. 물론, 이념의 굴레를 벗어나서 민족을 위해서 살신성인으로 산화해 간 분들에 대해 나라와 민족사랑의 열정들을 우리가 균형잡힌 시각에서 다시 조명하는 노력도 필요하다.

더욱더 충격적인 사실은 '한국교원단체총연합회' 가 전국 초중고 교생을 상대로 조사한 결과 3.1절을 '독립운동을 기념하기 위한 날' 로 제대로 알고 있는 학생은 59%에 그쳤다는 발표가 우리에게 더 큰 충격으로 다가오는 것이다. 3.1절이 왜 공휴일인지도 모르고 학교를 다니고 입시교육에 매몰되어 있는 우리 젊은이들이 앞으로 숱한 고난을 극복하면서 통일 조국을 만들어가는 과정에서 어떠한 좌표를 제대로 설정하고 개인의 삶을 어느 정도 희생하면서라도 나라를 위한 삶을 어느 정도 살 수 있을지 참으로 걱정이 되는 대목인 것이다. 독일 통일과정에서 서독 국민들이 보여주고 있는 자기희생과 절제의 정신이 우리 국민들에게는 더욱더 필요하기 때문이다.

필자는 오늘 아침에 태극기를 걸으면서, 비장한 각오로 개인의 모든 것을 버리고 역사 속에 산화해 간 이순신, 안중근 등의 존경스런 인물들에게 '우리 모두는 역사의 죄인입니다' 라는 말을 하고 싶은 것이다. 이렇게 기본적인 역사교육도 소홀히 한 정부와 우리 국민이 어찌 오늘 이러한 융성과 번영의 토대를 마련하는 정신적인 근원(根源)이 되는 그분들의 나라 사랑의 정신을 후손들에게 제대로 전했다고 말할 수 있는가?

정신적인 가치를 잘 알지 못하는 젊은 세대에게 예술과 기능종목에서의 금메달은 기대할 수 있을지 몰라도 나라가 어려워지고 또다시 고난의 시대에 직면하면 자기희생 속에서 다시 나라의 기틀을 세우는 중요한 문제 앞에서 안중근 의사와 같은 살신성인(殺身成仁)의 정신을 기대한다는 것은 연목구어(緣木求魚)가 아닐까 하는 우려를 해 보는 것이다.

올림픽에서의 금메달이 너무나 자랑스럽고 엄청난 것이라면 우리의 역사에 대한 정확한 인식과 나라 사랑에 대한 기본적인 소양은 우리 대한민국이 세계사의 주역이 되는 과정에서 다이아몬드보다도 더 중요한 우리 민족의 정신적 자산이라는 평가를 우리 모두가 해야 할 것이다.

정치인들이, 교육자들이 이 땅의 지도층들이 말로는 역사와 민족을 이야기하면서 자신들의 소인배적인 삶에 몰입되어 있는 사이에 이처럼 가장 소중한 우리 민족의 자산(資産)을 업신여기고 방치했다는 사실 하나만으로도 우리 모두는 역사의 커다란 죄인(罪人)이 된 것이다.

지금 국가적으로도 그렇게 중요한 문제도 아닌 세종시 문제 앞에서도 정치권은커녕, 한 당에서도 단합된 목소리를 내지 못하는 모습에서 3.1절의 진정한 정신을 우리 젊은이들에게 제대로 가르칠 수 있는 것인가? 정신이 바르고 철학이 바르면 국가를 위한 정책은 단 하나로 통합될 것이지만, 왜곡된 마음으로 자신들의 이익을 앞세우는 풍토에서는 민주주의의 다양성이란 이름으로 항상 분열을 정당화시키고 국민들을 속여온 우리의 불행한 역사들을 우리가 모른단 말인가?

부끄러울 뿐이다. 우리는 올림픽 금메달의 환호성 앞에서 이렇게 소중한 문제를 다시 한 번 점검하는 대국민운동을 전개해야 할 것이다. 필자에게 그러한 역할이 주어진다면 기꺼이 총대를 메고 필자가 앞장서서 뛰어갈 것이다.

2010. 3. 1

이순신, 안중근의 울음

기쁘실 겝니다
그 거룩한 혼(魂)이
한반도의 상공에 있다면
너무도 기쁘실 겝니다
도탄에 빠진 백성 앞에서
모든 것을 던져서
나라 사랑을 실천한
그 영혼(靈魂)이 지금 있다면
지난 한 주는
엉엉 소리 내어
기쁨과 회한의 눈물을
한반도 상공에 힘껏
뿌렸을 것입니다
대한민국의 눈물이지요
민초(民草)들의 눈물이지요
캐나다 밴쿠버 상공에서
큰 소리로 응원을 한
두 분의 혼백(魂帛)이
제 가슴에도 느껴집니다
하지만 오늘은
기쁨을 잠시 미루고
두 분의 흐느낌으로
그 기쁨이 큰 슬픔으로
크게 다가옵니다

이 땅의 잘못된 세력들에게
정신차리라고 큰
호통의 소리를 보냅니다
역사교육 하나
제대로 못하는
이 땅의 위정자(爲政者)들에게
큰 꾸지람으로 다가옵니다
어서 정신을 차리고
이 나라와 백성을
더 사랑하라고
피를 토하면서
그렇게 말을 합니다.

2010. 3. 1

국가의 정체성과 국가 경영 원칙의 문제

지금 내분으로 금이 가고 있는 한나라당의 모습을 보는 국민들의 시선이 어디에 있을까? 무엇도 기대하기 힘들다는 불평도 들린다.

필자도 힘을 많이 보태서 정권을 만들은 정당이지만, 지금 이렇게 세종시 문제로 적전분열을 하고 있는 모습은 일단 모든 이유를 떠나서 국민들의 눈에는 참으로 가당치 않은 모습으로 다가오고 있는 것이다.

세종시 수정안이 실질적으로 충청도민에게 도움이 되고 국가의 백년대계(百年大計)를 위해서 좋은 것을 지식인들은 많이 알고 있지만, 정작 그 지역의 현지 주민들에게는 이를 납득시키지 못하는 국정홍보의 난맥상과 딜레마도 동시에 보고 있는 것이다.

아직도 국가의 정체성에 대한 한나라당의 노선은 국민들에게 선명한 색깔을 창조하고 있지 못하고 지방선거를 코앞에 둔 국정 운영 노선에서도 실체가 불분명한 실용주의만으로 이러한 혼란과 무질서의 매듭을 풀어낼 수 있을지에 대한 필자의 확신이 없고 생각도 확실치가 않다.

그러나 분명한 것은 원칙을 바로 세우고 창출된 굳건한 대통령의 리더십이 그 어느 때보다 더 필요하다는 것이다. 지금 분란상태에 있는 당을 수습키 위한 비상대책이 없이는 다가오는 지방선거에서 한나라당의 승리가 매우 어려워 보인다는 현실적인 정치적 어려움이 널려 있다.

대통령의 훌륭한 업적도 많이 있지만, 정작 대통령의 리더십을 더 보필해야 하는 당(黨)의 노선이 분열되어서 흐트러져 있는 상황에서 대통령의 굳건한 리더십이 나오기 어렵다는 상식적인 논제(論題)를 우리 모두 다시 한 번 고민해야 한다.

그래서 필자는 이렇게 어려운 시기일수록, 더욱더 자유민주주의와 시장경제라는 원리원칙을 수호하는 대통령, 분단국가에서 국군을 통수하는 최고인의 위치에서 원칙과 분명한 소신을 갖고 다루어야 하는 북한 문제, 헌법 정신을 더 수호해야 하는 대통령의 책무 등으로 다시 무장하고 잘못된 것이 있으면 가지치기를 하고 굳지 않은 땅이 있으면 이를 메우는 작업이 필요하다고 여겨진다. 최고의 리더십은 선택을 잘 하는 기술에서부터 출발을 할 것이다.

내일이면 취임 2주년을 맞이하는 정부가 된다. 겸허하게 돌아보고 국민과 역사의 명령에 충직했는지에 대한 겸허한 성찰을 필요로 한다. 필자도 2년 전에 국회의사당 마당의 앞자리에서 외교사절들과 대통령의 취임식을 보면서 정권 교체의 지당함을 자랑하고 현 정부의 출범을 진심으로 축하한 기억이 새롭다.

지금부터 더 허리띠를 졸라매고 남은 3년을 잘 설계하여 정말로 성공한 정권으로 남을 수 있는 터를 닦아야 할 것이다.

2010. 2. 24

친구

치악산 단풍이 우리를 반기던 그 시간
지구가 도는 시간만큼 삶이 흘러간 후
올 겨울 눈 비바람 다 이겨내고
이제 기지개를 켜고 꽃을 피운다기에
이제나 저제나 개나리 진달래 벗 삼아
동동주 띄워놓고 사는 이야기하려
신발 끈을 동여매고 있는데
그대의 영혼이 어디론가 갔다는구려
덧없고 덧없는 것이 인생이라 하지만
할 일을 하고 가야 하는 도리도 있건만
이내 봄이 오는 길을 재촉하며
저 하늘나라로 먼저 갔다 하니
이 황망한 마음 어디가 담으리까
아무리 많은 부귀영화를 누린 삶들도
사람의 냄새를 남기지 못하면 그뿐
인간 냄새를 물씬 남긴 그대의 숨결은
그대와 인연을 맺은 사람들 가슴에
영원히 아름답게 남아 있을 것이오
그대와 나누던 우리가 하고자 했던 일들
남아 있는 우리가 그대 몫까지 다하고
먼 훗날 다시 영혼으로 재회하여
그 후일담을 그렇게 고이 나누리이다
이 봄에 꽃망울을 드리우는
치악산의 진달래 철쭉들이

그대의 웃는 얼굴을 대신하겠지만
그 허전한 마음을 그 누가 채우리이까
그리운 친구여.

2010. 2. 23
* 같이 동고동락하다 먼저 소천한 친구를 생각하며.

부끄러움도 망각하고 있는 못된 사람들

어제는 필자가 한국 정치문화를 진단하고 선거의 공정성을 위한 목적으로 개최된 한 학술회의(주제: 민주 시민교육의 과제와 2010년 지방선거, 후원: 선거연수원, 세계일보)에 토론자로 참석하여 많은 생각을 해 보았다. 한국지방정치학회 부회장으로 동 학회 춘계 학술회의에 참석하여 개회도 진행하고 한 교수의 지방선거 공천 문제를 다룬 논문도 토론하면서 한국 정치의 현실에 대해서 많은 고민을 해 보았다.

주로 한국 정치와 지방자치를 전공하는 정치학자들이 중심이 되어 발표와 토론을 전개한 이 학술회의의 결론은 이론적인 고찰과 앞으로의 바람직한 발전 방향에만 어느 정도의 합의와 공감대가 형성되는 성과도 있었다. 그 외의 현실적인 처방과 구조적인 모순을 극복하는 효과적인 처방전은 당장 낼 수가 없는 답답함을 다시 느끼게 되었다.(동 학술회의 관련기사는 2010년 2월 19일자 세계일보 정치면 관련기사를 참고)

기초의원 4인 선거구제의 강화, 공천제도의 획기적인 개선, 그리고 지방 매니페스토운동의 정착 등을 각론적인 처방으로 학자들이 제시하였지만, 본질적인 접근과는 거리가 먼 피상적인 처방이란 생각이 많이 든다.

필자처럼 현실정치에 참여를 해 본 정치학자라도 그 문제의 본질을 분명하게 느끼고 처방전도 명확하게 낼 수 있을 것 같다는 느낌이 있지만 정작 이 문제를 논의하고 처방전을 내려는 노력의 단계에서는 무한한 답답함과 어려움을 느낀다. 구조적으로 누적이 되어온 이 사안(事案)을 놓고 학자들과 이론적으로 논쟁을 벌이는 과정에서 현실정치의 커다란 고질병을 읽을 수 있는 현장 중심의 사안들에서 우리 모두가 처방전을 내는 측면에서 이해가 많이 부족함을 느끼게 되었다.

아무튼, 이와 같은 많은 사람들의 노력으로 대한민국의 정치는 하루하루 진일보(進一步)하는 과정에 있으며 언젠가는 서구 선진국 수준의 맑고 깨끗한 정치, 국민의 사랑을 받는 정치, 역사를 창조해가는 창조적인 정치를 우리가 갖게 될 것이란 확신은 항상 필자의 마음속에도 있다.

우리가 문제의 본질(本質)을 정확하고 분명하게 보아야 하는 소임도 매우 큰 것이다. 수십 번 반복되는 이야기이지만 워낙 중요한 문제를 우리가 간과해선 안 된다.

어제 필자도 토론과정에서 문제를 제기했지만, 지금 한국 정치의 가장 큰 개혁 대상은 공천과정의 투명성, 공천과정에서 불법 정치자금이 통용되는 부패의 정치 고리를 끊는 작업이다. 이러한 문제는 유능한 정치 신인을 효율적으로 정치권으로 불러들이는 일과도 매우 큰 연관성이 있다. 이러한 부패의 고리는 폐쇄적인 계파정치와 지로섬게임(zero sum game)의 정치를 타파하고 상생(相生)의 정치로 가려는 노력에서 한 희망을 볼 수가 있을 것이다. 독식과 탐욕의 정치를 지향하는 일부 저질스런 정치인들의 일그러진 정치관, 그리고 수단과 방법을 가리지 않으면서 민주주의 기본 운영 논리를 사장시키는 본능적인 구 정치 세력들의 기득권 유지 전략과도 매우 밀접하게 관련이 되어 있는 것이다.

한국 정치가 정치 지역주의와 금권정치의 담합구조로부터 나오려는 진지한 노력은 작금에 우리 주위에서 국민을 위한 정치를 한다고 떠들어 대는 함량과 자질이 모자라는 구시대 정치인들의 큰 반성과 퇴진으로부터 시작되어야 한다. 종국에는 함량과 자질이 되는 많은 정치인들이 양심과 비전으로 새로운 한국의 정치문화를 일궈내는 힘찬 출발에서부터 가능하게 될 것이다.

오늘도 세종시 문제로 그리고 유권자의 표만 생각하는 포퓰리즘적인 공약의 남발로 양식이 있는 많은 국민들로부터 질책과 비판을 면치 못하고 있는 이 정치권의 고질적인 갈등 수준으로는 앞서 언급한 상생과 창조적인 정치문화의 창조는 매우 어렵다는 결론을 우리 스스로가 갖지 않을 수가 없는 것이다.

집권당인 한나라당은 당 나름으로 폐쇄적인 계파구조에서 많은 정치동력을 상실하고 있다. 정작 국익에 도움이 되는 정책을 놓고 토론조차 못하는 갈등과 대립의 당내 역학구도를 극복하지 못하고 있는 것이다. 또한 국민들의 표만 훔치려는 얄팍한 계산으로 예산 문제에 대한 본질적인 검토는 차후 문제로 하고 초중학생에 대한 전원 무상급식만을 외치는 민주당의 포퓰리즘적인 접근법 또한 국민들의 실소(失笑)만 낳고 있는 것이다. 진정으로 서민을 위하는 길이 무엇인지에 대한 진지한 고민이 너무도 부족해 보인다.

진정으로 국민을 먼저 생각하고 국가의 이익을 먼저 생각하는 더 양심적이고 정직한 정치인들이 되라는 국민들의 요구를 외면하지 말기를 바라는 마음이다.

2010. 2. 19

울음도 비켜간 그날

그날, 바로 그날
명성황후(明成皇后)의 다 타버린 영혼이 하늘로 가던 그날
우리가 비운의 구한말이라 칭하던 그 치욕스런 날
이 한반도 산하에는 진정한 나라가 없었다
오직 숨 쉬는 무기력한 백성들만이 있었을 뿐
숨은 쉬었으나 무기력한 백성이요, 무능한 신하들이었다
더 많은 책임을 망각한 양반들도 정신이 다 죽었었다
이 아픔을 온몸으로 막던 고종도 그날은 임금이 아니었다
목숨은 살았지만 정신과 기개(氣槪)는 다 죽었었다
일제 낭인(浪人)들의 칼날이 조선의 왕비를 향하던 날
인왕산(仁王山)도 울고 경복궁(景福宮)도 울었지만
몰락하는 왕조의 파쟁과 부패와 무능은
이 처참하고 천인공노(天人共怒)할 비극을 막지 못했다
정신이 망가진 그 무능은 신성한 역사도 포기했다
더러운 영혼(靈魂)을 가진 일제 낭인들의
시퍼런 칼날이 명성황후의 숨을 끊던 날
조선왕조 오백년의 종묘사직(宗廟社稷)은
무능과 부패의 정치와 함께
영원히 다시 소생치 못할 길을 갔다
그 낭인들의 칼끝이 왕비의 가슴을 관통하던 날
조선의 산하(山河)는 바람소리 물소리도 멈추고
무능과 무저항의 처절함을 온 국토에 새겼지만
통곡소리도 못 내고 숨만 쉬고 있었다
한 왕조는 새로운 동력(動力)을 이루는 정치를 포기하고
새로운 역사의 물결을 이루지 못하고 쓰러져 갔다

소임을 망각한 양반들의 탐욕과 무능은 있었지만
그들로 인해 또 얼마 후 일제에게 나라를 빼앗겼다
오늘 바로 숨소리가 다시 살아난 오늘
울음도 비켜간 그날을 회상해 보니
이젠 대한(大韓)의 모든 살아 있는 혼(魂)이 살아나서
세계를 무대로 그 한을 풀며 소리를 내고 있다
그러나 어이하리
아직도 한반도의 저 북쪽 반쪽은
민초(民草)들의 억압됨과 고통으로
항상 울음이 비켜가는 나날이 계속되고 있으니
우리의 행복이 그들의 행복일 순 없는 것인가
명성황후의 상처받은 영혼이 하늘로 가던 그날
그녀는 부국강병의 염원을 경회루에 뿌리고 갔다
다 탄 뼈만 남긴 채 살점은 그 영혼과 함께 다 사려졌다
바로 그 부국강병(富國强兵)의 염원
위대한 오늘의 대한민국이 이뤄가고 있지만
아직도 무능한 탐욕(貪慾)의 소리가 여기저기
백성들의 참소리를 죽이면서 암초처럼 널려 있다
처절한 울음이 슬픈 울음이 그치는 날이 계속되는
저 북한의 암흑(暗黑)과 아픔이 있는 한
명성황후의 그 염원이 다 녹지 않으리라
우리는 울음도 비켜간 그날을 잊으면 안 된다
바로 오늘 더 큰 정신을 차리고
바로 그날을 기억해야 한다.

2010. 2. 17

고향의 길, 민족의 길

설은 가슴을 설레이게 하는 한민족의 큰 명절이다. 고향 길로 달려가는 귀성객의 마음속에는 가족에 대한 그리움이 있을 것이다. 많은 선물 보따리를 안고 고향의 부모님 친지들에게 주고픈 마음에 차 시간이 더디고 발걸음이 더욱더 늦게 느껴지는 시간이다.

필자도 10년 전에 아버지가 소천하시기 전까지는 한 번도 예외가 없이 명절을 맞이하여 많게는 10시간이 걸리면서 충청도의 고향을 찾으면서 한민족의 이 아름다운 문화를 어김없이 나누고 기뻐하던 기억이 생생하다. 어쩐지 아버지가 하늘나라로 가신 이후에는 고향에 홀로 남으신 어머니가 몸소 역귀성을 하기에 그런 방식으로 고달프지만 기쁨의 체험을 못한 지도 10년이 된 것이다.

사람은 누구나 귀소본능이 있다고 하는데 명절 때마다 이산가족의 아픔을 체험하고 있는 실향민들을 생각하면 그들의 아픔이 어느 정도 느껴지기도 하는 것이다. 필자가 엊그제 쓴 시(詩)처럼 귀성길에 곳곳에서 요동치는 '눈춤'을 즐기면서 하얗게 변한 고향의 산하를 보는 민초들의 마음 또한 하얗게 변했으리라.(필자의 개인홈

피 www.hanbatforum.com에 접속하여 헤드라인에서 읽을 수가 있음)

한민족이 발원한 이래 지금처럼 세계사의 흐름 속에서 우뚝 선 민족의 웅지를 펼친 시기는 없다고들 한다. 고구려가 요동과 만주의 광활한 대지를 점령하고 영토대국의 위상을 떨치고 당시 중국의 대륙과 맞선 역사를 우리가 갖고 있지만, 지금처럼 G-20정상회담을 유치하고 10위권의 경제력·군사력을 일구면서 세계사의 중심으로 진입하던 시기는 아마도 처음일 것이다.

이 대목에서 필자가 몇 가지 우려하는 것은, 지금도 '박태우 박사의 정치와 시의 만남' 이란 코너를 통해서 꾸준히 설파하고 있지만, 이러한 국가 융성의 호기를 우리가 슬기롭게 통일국가로 이뤄나가는 여정에서 많은 방해와 난관(難關)이 우리 앞에서 놓여 있다는 사실이다.

이제 떡국 한 그릇을 더 먹으면 우리가 한 해 더 어른이 되는 마음으로 몇 가지만 필자의 경험을 통해서 또다시 짚어 보기로 한다.

우선, 한반도의 융성(隆盛)의 호기로 찾아온 이 기운을 통일대국으로 연결하는 길목에서 우선은 정치권의 낡은 관행인 파쟁(派爭)의 암울한 그늘과 불순한 반대한민국적 정서가 과감하게 청산되어야 한다는 사실이다.

작금의 세종시 문제를 놓고 우리 정치문화의 부정적인 소산인 사색당쟁(四色黨爭)을 정치권에서 재현하는 우리 스스로의 모습에서 공익(公益)과 국익(國益)을 놓고 헌신해야 하는 정치인들의 부족한 자질을 스스로 보면서 씁쓸한 마음을 지울 길이 없는 것이다. 언제까지나 우리가 이 수준의 정치문화에 포로가 되어야 할지 대한 정답이 보이지 않아서 마음이 더욱더 답답한 것이다.

고질적인 친북 행각을 아직도 애국인 양, 민족주의자인 양 계속하고 있는 일부 정치 세력과 수구 좌파들의 책동은 분명히 앞으로 전개될 시대정신(時代精神)을 잘못 읽은 구태인 것이다. 이제 얼마 남지 않은 잘못된 독재 정권의 본질을 흐리는 이들이야말로 훗날 역사의 가혹한 심판을 받게 될 것이다. 많은 사람들이 아직도 '우상(偶像)의 동굴'에서 나오고 있지 못한 것이 매우 걱정이 된다.

시대가 이처럼 바뀌고 더불어 살아가는 지구공동체를 지향하는 이 마당에 외세를 배격하는 방법과 수단과 그리고 정세인식이 너무나 치졸하고 반역사적이어서 대한민국의 국운이 융성하는 것을 정면으로 가로막고 있다고 평가하고 싶다. 진정으로 외세를 극복하고 우리의 민족정신을 고양하는 길은 이 세계화의 물결을 적극적으로 극복하여 세계에서 무역 대국으로 성장하는 토대를 이루고 그 위에서 세계의 역사 속에서 대한민국이 주도가 되는 우리 민족문화를 잘 구현하는 한국식 민주주의를 장기적으로 개발하는 길임을 잊어서는 안 될 것이다.

둘째는, 우리 사회에서 기득권을 많이 갖고 있는 각종 언론들의 진지한 반성과 미래지향적인 개혁을 촉구하고 싶다. 너무나 폐쇄적인 인재풀과 노선 안에서 국민들의 보편적인 정서를 다 담아내는 자기 개혁적인 목소리를 담아내는 개혁이 필요한 시점이다.

지금과 같은 남북의 분단구도에서는 단순한 보수와 진보라는 잘못된 이분법적 구분을 되도록 피하고 당분간은 대한민국의 융성과 통일을 적극 지지하는 친대한민국과 지금 우리가 이룩한 이 발전과 업적을 기회주의로 폄하하는 세력과의 구도로 선명하게 설정하고,

시대의 흐름에 역행하는 세력들에 대한 심층적인 분석과 이를 개선하려는 국민운동을 적극적으로 전개해야 할 시점인 것이다.

아직도 특정 언론사나 특정 신문에 일하는 직원들의 개인적인 인맥에 지나치게 의존하는 취재원, 그리고 오피니언진의 구성 및 글의 개제를 관행으로 알고 더 객관적이고 큰 세계로 나오는 노력을 게을리하고 있는 언론의 폐쇄성은 분명 대한민국 민주주의 발전의 커다란 적이 되고 있는 것이다.

지난 광우병 보도 같은 사례에서 보듯이 특정한 목적에 맞추어서 왜곡(歪曲)하고 이를 방관하는 이 나라의 잘못된 언론의 관행이 계속되는 한 지금 우리가 정치권과 더불어서 공동으로 앓고 있는 대한민국의 중병(重病)을 치료할 수 있는 길은 요원해 보이는 것이다.

셋째는 우리 사회의 잘못된 기득권 계층의 왜곡된 특권의식의 청산이다.

노블레스 오블리주를 게을리하는 탐욕스런 극단적인 개인주의에 기반한 민주주의를 빙자한 천민적인 자본가들만 득세하는 사회에서는 국민들의 기강이 해이해지고 바른 국가관의 정립을 저해하는 암초가 형성되어 종국에는 그 국가나 사회는 병이 들어서 망하게 될 것이다. 선진국일수록 엄격하게 노블레스 오블리주를 실천하고 교육하는 엄격한 책임의식과 실천의식의 현주소를 우리 사회의 일부 기득권 계층이 배우지 못한다는 대한민국의 선진화는 요원한 길이 될 것이다.

구한말 명성황후가 일본 낭인들의 칼에 살해되고 국권이 유린되는 현장에서 우리의 사회를 이끌었던 양반 계층의 무능과 부패, 그리고 보신주의(補身主義)는 급기야 나라를 일본의 손아귀에 주는 아주 치욕적인 역사를 만들은 것이다.(나라 잃은 아픔을 형상화한, 필자의 홈피에 실린 〈운현궁의 흑죽〉을 읽어 보기 바람)

불과 한 세기 전의 이러한 역사적 치욕을 생각하는 제대로 된 이 땅의 지도층이라면 지금이라도 그러한 역사의 아픔을 되새기면서 지금 우리 사회가 분단국으로 갖고 있는 함정(陷穽)과 난관(難關)을 잘 이해하고 스스로 이를 해결키 위한 처신과 책임감으로 온 국민들의 본보기가 되어야 할 것이다.

그러나 안타깝게도 아직도 일부는 이 국민과 역사가 합당한 일을 하라고 중요한 자리에 임명된 많은 정치인, 그리고 고위관료 및 이 땅의 지도층들 중에 일부는 깊이 있는 시대정신과 나라 사랑의 정신을 망각하고 보신과 계파 형성, 그리고 그들 스스로의 협소한 사적인 이득만을 생각하는 못된 행태에서 벗어나고 있질 못한 것이다. 이러한 흙탕물에서 바람직한 노블레스 오블리주의 생성(生成)은 매우 어려운 과제가 될 것이다.

이러한 사회계층 간의 제대로 된 인식과 역할의 정립 속에서 개인주의와 물질주의 그리고 무관심으로부터 파생되고 있는 대립과 갈등, 부패와 타락의 정치문화를 청산하고 있지 못한 우리의 아픔을 다시 돌아보는 계기가 되어야 한다. 이러한 각성 위에서만 폐쇄적인 연고주의를 슬기롭게 극복하는 정신이 배양되고 실천운동이 가능해질 것이다.

앞으로 이 대한민국은 제대로 된 시대정신, 그리고 국가관과 역사관을 바탕으로 공정한 국민들의 역할이 이루어지고, 잘못된 일부 지도층의 대오각성(大悟覺醒)을 통한 합당한 자리매김부터 시작할 것이기 때문이다.

모처럼 하얀 설을 만난 기쁨으로 이 민족과 역사를 잠시 생각하면서 필자가 항상 걱정하는 몇 가지를 두서없이 적어 보았다.

필자는 앞으로도 '박태우 박사의 정치(政治)와 시(詩)의 만남'이란 장을 통하여 미력이나마 힘을 보태어 타락해 가고 있는 인간의 영혼을 순수성으로 복원하고, 지금 이 시대에 우리 주위에 산적한 과제들을 어떻게 하면 극복할까라는 명제를 놓고 치열한 글쓰기를 할 것이고, 또 기회가 되면 과감한 현실 참여 속에서 국민들과 더불어 행동하는 양심의 지식인이 될 것이다.

우리 모두에게 복되고 즐거운 명절을 기원한다.

2010. 2. 13

눈춤

오호라 이게 무슨 춤인가
눈사리가 길게 내리는데
눈이 스스로 출 수 없는 춤을
나뭇가지에 기대어
바람 장단에 한없는 춤사위를
덩거덩 덩거덩 휠 휠
온 힘으로 만들고 있구나
눈만 오고 바람이 없으면
하얀 눈꽃만 만들지만
오늘은 거센 바람에 기대어
나뭇가지를 안고
힘껏 춤을 추고 있구나.

2010. 2. 11

마음이 아프다는 것

삶을 살다 보면 때때로
마음은 아프기도 하고 즐겁기도 하지요
세상을 살다 보면 기쁨이 더 클까요
즐거움보다는 아픔이 더 많지 않나요
아픔을 숨기고 살아가는 인생
기쁨만을 노래하고픈 인생
즐거움보다도 마음이 아픈 것은
자연스런 삶의 한 부분이지요
누군가와의 인연에서 아픔을 느끼면
그 사람과의 인연이 크다는 것이지요
많은 인연들과 헤어지면
부모와 형제와 사랑하는 벗과 헤어지면
그 아픔이란 소중함만큼 큰 것이지요
항상 생생하게 다가오는 아픔도 있고
문득문득 아련히 다가오는 아픔도 있지요
아픔도 즐거움과 함께
다 우리 삶의 일부랍니다
언제나 추억을 거울 삼아
아픔을 가질 수 있다는 것도
한 삶의 커다란 축복입니다
삶은 오늘도 그렇게 가지요.

2010. 2. 10

비가 내리면

비가 내리면
얼은 마음도 녹지요
비가 내리면
굳은 눈덩이도 녹지요
오늘은 비가 내려도
뿌연 안개만 드리우고
우리들 마음은 그대로
얼은 채로 남아 있네요
비가 내리는 날에
좋다가도 서운한 건
바로 지척에서
눈 녹는 소리가
슬그머니 나지 않기에
마음이 더욱더
허전해서지요
비가 오면
눈도 녹고
비가 오면
마음도 녹아야 해요.

2010. 2. 9

북한의 핵 탄두 앞에서 서성이는 대한민국

미국의 국방부가 1일자 '탄도미사일 방어계획 검토보고서'에서 북한이 10년 내에 핵 탄두를 장착한 대륙간 탄도미사일을 개발할 수 있을 것이란 전망을 내놓고 있는 이 시점, 아직도 국내의 주요 정파(政派)들은 세종시 문제를 정치적으로 이용하여 지방선거에서 이득을 보겠다는 수구적이고 이기적인 당쟁(黨爭)에서 벗어나고 있질 못하다. 이렇게 심각한 안보 문제 앞에선 아무런 목소리가 없는 것이다. 국민들도 자신들의 직접적인 문제가 아니라서인지 피상적으로는 아주 무감각한 대응을 하고 있는 형국이다.

상황이 이러한데도 국내의 일부 언론 및 언론인들은 정상적인 남북정상회담의 가능성을 운운하면서 우리가 원하는 구도대로 갈 수가 없고 되지도 않을 경제지원론의 타당성을 선전하기에 바쁘다. 한마디로 앞뒤가 전도된 안이하고 비현실적인 장밋빛 남북협상론의 연장선상에서 과거 김대중·노무현 정권의 쓰라린 경험을 다시 보는 것 같아서 마음이 안타깝다.

1970년대 미국 닉슨 대통령의 중국을 상대로 한 냉전해체전술과 지금의 남북관계를 비교하면서 정상회담의 좋은 점만을 기술하는 것은 자칫 치명적인 대북 전술의 실책으로 연결되어 한국의 현실적인 안보 취약성(security vulnerability)에 대한 문제점을 간과할 수 있는 큰 허점을 갖고 있는 것이다.

대한민국 사회가 지금 갖고 있는 남남갈등의 깊이와 구조는 우리가 생각하는 것보다 훨씬 더 뿌리가 깊고 크다. 한두 번의 대통령의 노력으로, 혹은 남북 간의 접촉으로 절대로 해소될 수 있는 문제가 아니기 때문이다. 근본적인 북한 체제의 변혁(system transformation)이나 문제에 대한 처방이 없이는 북한의 현 정권과 초점이 상실된 대화를 한다는 어설픈 명목으로 북의 전술에 말리면서, 미국이 우려하는 방향으로, 북한이 핵 탄두 ICBM을 개발하는 10년을 용인하면서 과거 정권 10년의 잘못을 되풀이할 수 있기 때문이다.

이 대목에선 미국도 대화만 강조하는 초점이 상실된 대북 접근자세에서 더 현실적인 대책으로 전환을 서두르는 모습이 필요한 시점이다.

우리가 남북이 자주 만나고 자주 대화를 하는 것의 유용성을 부정할 순 없지만, 진정성이 확보될 수 없는 현재의 한반도 남북분단 구도를 더 정확하게 보고 장밋빛 청사진으로, 혹은 우리에게 적절한 사례가 될 수 없는 다른 조건의 사례들을 예로 들면서 국민들을 오판하게 만드는 잘못된 지식인들의, 정치인들의 접근법도 우리가 매우 조심하여 경계할 단계라고 생각한다.

더군다나, 미국이 이렇게 북한의 미래의 불확실성(uncertainty), 그리고 불예측성(unpredictability)을 알고 있으면서도 한미 동맹의 근간인 전시작전통제권을 그대로 한국에 넘긴다고 하니 우리의 긴

장된 안보관이 없이 이 엄청난 위기(危機)를 어떻게 다루어 나갈 수
가 있을지 매우 큰 걱정이다.

　지금 이명박 대통령이 매우 적절하게 국내 정치 및 외치를 훌륭
하게 수행하고 있다는 생각을 하면서도 나라 경영의 본체인 안보
문제가 원전수주나 G-20정상회담 개최 등보다 천배, 만배 중요하
다는 생각을 지울 수가 없기에 더 걱정을 해 보는 것이다.

　2010. 2. 3

굽이굽이 난 길

이 길은 심보가 고약한 길
강 따라 걸어가다가
반대로 흐르는 길
강 따라 물 따라 가면
맘도 편하고
세상도 편하지만
강 따라 가다가
옆으로 굽은 길
자연의 길이다가도
사람의 길
하늘의 길.

2010. 2. 2

지금 진정성이 있는 남북정상회담은 어렵다

갑자기 남북정상회담 논의가 언론의 지면을 달구고 있지만, 정작 진정성이 있는 남북정상회담이 지금과 같은 한반도의 남북한의 다른 가치체계에 기반한 대결과 불신의 권력구조, 그리고 한반도 주변 4강의 역학구도에선 불가능해 보인다. 북한의 일방적인 약속을 어기는 일탈행위가 주된 요인이다.

실질적인 북핵 문제에 대한 논의가 불가능한 이 구조를 알고 있는 국민들이라면, 설사 납북자 문제, 국군 포로 문제를 주제로 한 형식적인 대화가 일부 진전이 있어도 북핵을 등한시하는 결론으로 우리 안보의 큰 틀을 해치는 결과를 초래할 것이기에 진정성이 있는 남북회담에 대한 담보가 매우 어려워 보이는 시점인 것이다.

남북관계가 지금처럼 경색된 상태로 계속 가는 것도 매우 바람직스럽지 않지만, 그렇다고 빈대 잡으려고 초가삼간 태우는 우를 범할 수는 없는 노릇이다. 우리 정부가 대화 노력은 꾸준히 계속해야 하지만, 이러한 상황에서는 가능한 소통을 위한 대화 채널을 유지하면서 진정성이 확보되는 시점까지 인내심을 갖고 기다리고 북한의 변화를 유도하는 전략이 필요한 시점인 것이다.

많은 언론들이 최소한 남북 최고당국자가 만나 이들 문제를 논의해 해결하려는 모습을 보여주는 것 자체도 가치가 있는 일이라고 주장하고 있지만, 이 대통령의 말대로 만남을 위한 만남은 오히려 북핵 문제의 본질을 흐릴 수도 있고, 자칫 엉뚱한 방향으로 북한의 전략에 말려드는 우를 초래할 수가 있는 것이다.

남북한이 상대방의 진정성(sincerity)이 확고하게 믿어지는 시기가 올 때까지는 형식적인 만남을 위한 만남보다는 부지런히 여건을 조성하고 정지작업을 하는 것이 더 현실적인 접근법일 것이다.

조건이 없이 남북이 만나는 단계는 이제 그동안의 경험으로 보아도 자제되어야 할 것이다. 이제는 확고한 의제를 미리 설정하고 의제를 놓고 협상한 후의 성과에 대한 어느 정도의 정지작업이 없이, 특히나 북핵에 대한 북한 당국의 분명한 전환의 의사가 없이, 대화를 위한 만남만을 갖는 것은 매우 잘못된 선택이 될 여지고 매우 큰 것이다.

2010. 2. 1

북한의 통제가 되지 않는 군사 일탈행위

북한 정권이 내외 과시용, 대내 통제용의 군사 정치를 본격화하고 있는 시점이다.

27일 네 차례에 걸쳐 100여 발의 해안포를 발사한 북한 당국이 우리 군의 즉각적인 교전수칙에 준하는 대응자세를 보고 더 이상의 도발을 하지 않는 것을 보면 교묘한 군사 심리전을 위한 군사 전술로 보인다.

문제는 2010년에 북한이 이렇게 사소한 도발을 계속 자행할 것이란 우려에 있는 것이다. 평화협정 체결의 고삐를 북측이 주장하는 NLL 무력화 시도부터 시작하여 협상전략으로 만들고자 하는 다급한 마음도 보인다.

문제는 우리 정부가 이 문제에 대해서 지금처럼 군사 문제는 군사 문제대로 그리고 경제협력 사안은 그 사안대로 따로 분리해서 갖고 가는 전략이 얼마나 우리에게 실익이 있을까라는 걱정인 것이다.

대북 지원이나, 경협, 당국자 대화를 북한의 계속적인 군사 일탈행위와 별개로 계속 끌고 갈 수 있을지 상식이 있는 국민이라면 걱정이 될 것이다.

혹시나, 지금 항간에 떠도는 상징성만 있을지도 모르는 남북정상
회담을 위한 분위기 때문에 우리 측의 원칙적인 대응에서의 후퇴라
면, 이러한 결론이야말로 잘못된 안보관련 장관들의 실책으로 연결
될 것이다.

정부가 이 문제를 이렇게 안이하게 분리 전술로 언제까지 끌고
갈 수 있을지 걱정이 앞선다.

2010. 1. 28

눈만 내리면

눈만 내리면 갑갑한 마음도 녹아내린다
캄캄한 밤을 지나온 지친 영혼도
하얀 눈이 내리면 하늘을 보고
하얀 눈이 내리면 땅을 다시 보며
원래 자기의 모습으로 돌아간다
답답해서 소통되지 않던 대화도
눈이 내리는 순간 다시 통화를 하면
순수한 마음과 순수한 마음이 만나서
큰 우주의 자연 속의 하나됨을 보인다
눈이 오면 마음도 하얗게 변하여
우리 모습도 같이 하얗게 변한다.

2010. 1. 27

나라가 거꾸로 돌아가고 있나?

세종시를 둘러싼 잡음이 한 치도 가라앉고 있질 못하다. 세미나 차 어제 필자의 고향인 충청의 중심도시 대전엘 방문해 보니 합리적인 접근을 추구하는 민주주의 논리 대신에 감성이 우선시되는 정치지역주의 포퓰리즘이 득세하여 세종시 문제 관련 합리적인 해결책의 마련이 쉽지 않아 보인다.

지난 번의 필자의 칼럼에서도 지적했지만, 과연 이 문제가 이 정도의 대립적인 여론을 일으키고 국가를 좀먹은 방향으로 국론을 분열시키는 가치가 있고 중요한 과제인지 다시 자문해 보지 않을 수가 없는 실정이다. 지난 한국 역사의 부정적인 파쟁(派爭)과 파당의 고질병이 다시 21세기의 한복판에 분단국가 대한민국의 선진국 진입을 가로막고 있는 커다란 암초라는 인식을 하지 않을 수가 없다.

지금 이 문제를 놓고 대한민국의 모든 집단들이 국운(國運)을 가르는 사안처럼 이렇게 싸워야 할 값어치가 있는 문제인가?

필자가 보기엔, 지금 국민들의 여론이 이곳에 피곤하게 머물고 있으면서 정작 중요한 국가의 안보 사안에 대해선 국가가 자유롭게 터놓고 공론화를 할 수 없는 상황에서, 대한민국의 안보 이익이 북한의 대남 공세로 많이 침해당하고 있다는 서글픈 평가를 하지 않을 수가 없는 상황이다.

문제는 이 나라에서 더 많은 책임과 특권을 갖고 있는 정치인을 비롯한 지식인, 그리고 지도적 위치에 있는 사회단체들의 많은 자가당착적인 소인배 논리에 기반한 논쟁을 위한 논쟁과 대안이 부재한 비판이 세종시 문제의 본질을 흐리고 있듯이, 아직도 국익을 논하는 공론화의 장에서 자신들의 이득만을 염두해 두고 버젓이 아무런 역사에 대한 죄의식이 없이 마치 자기주장이 최고인 것처럼 떠들면서 보이지 않는 민주주의 말살행위를 자행하고 있다는 점이다.

과거 어느 한 인사의 대통령 당선 전략으로 파생되어 지금 국익에 실질적인 도움이 덜한 이 문제는 이렇게 연일 정쟁(政爭)의 대상으로 언론지상에서 대서특필되고 있지만, 정작 나라의 사활이 걸린 북핵 문제 등에 대해서는 정부가 구렁이 담 넘어가듯이 정치인들의 무관심을 유도하는 듯한 이상 야릇한 분위기이다. 그래서 정작 이 나라의 주인인 국민들은 이 문제의 본질이 무엇인지도 모르고 알권리를 침해당하고 있는 상황에서 상대적으로 더 중요한 국가의 사안(事案)이 무시당하는 기현상이 일어나고 있다는 판단을 해 본다.

오늘 새벽에 한 메이저 일간신문을 보니, 아주 조그만 기사로 정부가 북한의 비핵화 요구조건을 완화하려는 움직임이 있다는 보도를 하고 있다.

필자는 이 기사를 접하는 순간 북한의 집요한 평화협정 공세의 본질을 간파한 정부가 그 위험성을 알면서도 미국이나 기타 국가의 대화 무드를 지지하는 흐름에 무책임하게 편승하는 것이 아닌가 하는 걱정을 하게 되는 것이다.

이 기사는 "정부 고위 당국자는 25일 북한의 평화협정 체결요구에 대해 북한에 평화체제 논의의 전제조건으로 선비핵화를 요구하는 것은 아니다. 우리가 요구하는 것은 선비핵화 협의의 진전이다고 말했다. 이와 같은 언급은 북한의 비핵화가 이뤄져야만 평화체제 협상논의를 시작한다는 종전의 태도와는 뉘앙스에서 차이가 있어서 주목된다."라고 적고 있다.

정작 북핵의 가장 피해자가 될 우리 정부가 안보 문제에서의 원칙을 느슨하게 하는 자세는, 필자의 추측으로 보건대, 남북정상회담에 대한 무리한 집착에서 스스로 분위기를 잡아가는 과정이라 볼 수 있으나, 이것은 현 정부의 큰 실책이 될 것이다. 안 될 말이다.

평화협정 체결논의 자체가 북한의 분명한 비핵화에 대한 가시적인 행동의 장치 및 확인과정이 없이 또 신뢰성이 떨어지는 말만을 바탕으로 북한에게 시간을 주고 국민들에게 잘못된 판단을 주는 위장평화공세 전개의 토대를 만들어 주어서는 안 되는 것이다.

정부가 세종시 문제에서 다소 일부 정파들의 강한 저항에 부닥치어 힘든 정국을 해결하고 있지 못한 사이에, 이렇게 엄청난 문제를 일부 부처 몇 사람의 판단으로 노선을 바꾸는 것은 참으로 잘못된 판단이란 생각이 든다.

이 사안은 세종시 문제보다 본질적으로 그리고 훗날의 안보적인 파장을 고려하면 수백 배의 중요한 문제란 생각을 필자가 지울 수 없는 것이 필자의 기우란 말인가? 우리 정부 당국자들도 정신을 차리기를 바란다.

난(蘭)과의 대화

너희들한테 물을 주은 지도 어언간 이십 년이 되는구나
가장 오랜 나의 벗으로 온 자는 20년 그리고 10년 등
김정희의 '세한도' 보다 더 큰 절개를 상징하는
너희들의 변화없음을 사랑하는 나의 마음속에도
사람보다는 때로 너희들의 변함없음이 더 좋구나
아이티의 참사로 온 지구촌이 재앙을 걱정하면서
끊임없이 변화하는 지구의 모습 속에서도
너희들이 항상 내 곁에 있음은 그 자체로 행복이라
내 생각컨대, 사람들이 내 대를 살고 가도
너희들 역시 더 오래 이 세상에 남아서
우리 모두의 선비정신을 우리 후대에게 전해 주는
21세기판 세한도의 추사정신을 갖고 가려무나
사람의 마음들은 항상 변하고 돌고 있지만
너의 기개, 그 푸르름은 언제나 변치 않기에
오늘 이 주말에 물을 주면서 너를 이리 찬하는구나.

2010. 1. 23

사색당쟁으로 나라를 망치는 사람들

애국지사들이 지금의 일부 정치인들을 보면 지하에서 대성통곡을 할 것이다. 국가적으로 아무런 실익이 없어 보이는 세종시 이전 문제로 국론을 분열시키고 순수한 국민들로 하여금 안보불안증을 배가시키는 이들이야말로 매국노가 아니면 누구란 말인가?

정작 이 문제로 정치적으로 이득을 보고 대통령이 되었던 한 사람은 지하에서 아무 말이 없다. 아직도 그분을 추종했던 일부 인사들이 이러한 잘못에 반성은 없고 정당을 만들어 놓고 정치가 뭐니 저니 하는 말도 참으로 식상하게 필자의 귀에 들어온다.

흔히들 정치적인 이득을 목전에 두고 이전투구를 벌이고 있는 이들을 보면, 자신들의 정치적 이득이 국가의 이득을 좀먹는 사실을 잘 알고 있지만, 도무지 합리성과 국가의 이익을 최대한 관철시키려는 대의정치를 실현하는 공복으로서의 자세가 보이지 않는다. 아니 오히려 이들은 국민들의 대의와 공익을 희생시키면서 기생충처럼 자신들의 정치 생명을 연장하고 있다는 서글픈 생각이 든다.

표를 의식해서 국민들에게 몹쓸 짓을 했으면, 그만큼 이득을 잘못된 논리를 동원해서 혹세무민(惑世誣民)하는 방법으로 이득을 보았으면, 이제는 자숙하고 다시 국민들의 순수한 눈높이로 내려와 반성하고 후세들에게 더 이상 짐을 지우는 일은 없어야 한다. 이들의 눈에는 대한민국 전체가 그들의 손아귀에서 놀아나는 가벼운 장난감 그 이상이 아닌 모양이다. 참으로 안타까운 사람들이다.

필자도 한때 현실정치에 몸을 담으면서 정치권의 구렁이 담 넘어가는 듯한 논리가 얼마나 국민들에게 해악이 되는지 일찍이 모두 체험했지만, 지금처럼 이렇게 산적한 국가의 현안들을 멀리하고 자신들이 옳다는 주장만으로 그릇된 선전선동을 하면서 선거를 목전에 둔 파렴치한 사색당쟁을 일삼고 있는 추태를 본 적은 없다.

이명박 대통령은 지난 대선 시절 자신이 과거 정부의 대선공약을 충실히 이행하겠다는 약속으로 표를 의식한 잘못을 국민에게 사죄하고 국가의 엄청난 세원을 낭비하는 이 프로젝트가 비효율을 걱정하고 나눠먹기 정치의 표본이 되어서는 안 된다고 국민적 사죄를 한 적이 있다. 국익을 위한 신념으로 국가의 원수로 국가의 입장에서 다시 이 문제를 합리적으로 조정하는 노력을 하고 있는 것에 대한 야권과 일부 여권 세력의 반응 및 대응논리는 국민들을 참으로 어리석은 집단으로 보고 있다는 생각을 피할 수가 없을 정도로 필자의 가슴을 답답하게 하고 있는 것이다.

경제 효율성의 논리로 국가의 이득을 최대한 보존하겠다는 현 정부의 주장이 지역주의와 파당주의에 물들은 저속한 정치인들의 이전투구로 다 색이 바라고 있다. 이제는 반대를 위한 반대로 다가오는 지방선거에서 다시 한 번 국민을 우롱하겠다는 작태를 하루 빨리 버리지 못하는 대한민국의 정치권이라면, 이조 시대의 파당경쟁으로 나라를 일제의 손아귀에 갖다준 못난 조상들의 나쁜 구습을 이어받는 이들에게 우리 국민들은 더 가혹한 평가를 내려야 마땅한 것이다. 이조 시대 내내 예송논쟁 등으로 서민들의 가슴을 울리더니 바로 세종시 문제야말로 부패정치, 파당정치의 부정성을 확대하는 대명사가 되어버린 것이다. 더군다나 지금이 어느 시대인가?

이러한 엄청난 국가적 해악을 조장하는 일부 추한 정치인들의 작태를 제대로 비판하지 못하고 제대로 된 언론을 제대로 전달하지 못하는 언론들 또한 큰 책임이 있다는 것을 알아야 한다.

저급하고 오도된 이념 노선과 상업성에 물들어서 역사성과 시대정신을 제대로 읽지 못하는 대다수의 언론들은 감수성만 자극하는 저급한 멜로드라마로 국민들의 윤리의식을 마비시키고 저급한 수준의 오락프로로 청소년들의 기강을 무너트리면서 대한민국이 지금 심각한 내우외환(內憂外患)의 시기에 서 있다는 메시지를 잘 전달하고 있지 못하다. 다시 선진국으로 도약하느냐 아니면 남미 수준의 혼란과 분열의 민주주의 미완성 국가로 타락하느냐는 양자 선택의 기로에 있는 우리의 모습에 대한 간절한 메시지를 국민들에게 제대로 전달을 하고 있지 못하고 있다. 정말로 정신 차려야 한다. 그야말로 3류 정치인의 자질을 엄격하게 걸러내고 비판해야 하는 언론의 기능이 2류 수준의 인적 폐쇄성을 우려먹고 사는 정치 후진국의 불명예를 부추기는 역할에서 나오고 있질 못한 것이다.

대한민국 사회의 커다란 기득권이라 할 수 있는 정치인들과 언론인들이 더 치열한 애국정신으로 무장하고 공명심으로 다시 자신들을 먼저 개혁하여 자신들의 울타리만 지키는 소인배적인 이전투구를 버리고 이제는 더 큰 정치, 더 다양하고 폭이 넓은 국민들의 여론을 담아내는 진정한 국민의 언론으로 거듭나야 이 나라가 살고 선진부국으로 가는 길이 열릴 것이다. 이러한 수준의 정치인들과 선거꾼들이 만들어내는 정치 선거에서 국민들이 원하는 생산적인 정치는 결코 나오지 못하는 것이다. 지금이 어느 시기인가?

산업화·근대화 이후 한반도의 정정이 요즘처럼 불안하고 한반도의 미래가 요즘처럼 이렇게 불완전한 시대가 있었던가? 쇠퇴해 가는 한미 동맹의 틈바구니를 중국과 북한이 끼어들면서 우리의 안보 이익이 어디로 갈지 참으로 암담한 현실을 우리 국민들이 제대로 보고 있질 못한 것이다. 지금 우리 사회의 기득권층이 이렇게 소모적인 세종시 논쟁으로 국민들의 정치혐오증을 부추기고 불안정한 한반도의 현실에 피동적으로 눈감게 하여 국민들의 건설적이고 대안적인 식견 형성에 족쇄를 채우는 잘못된 정치언론문화를 이렇게 계속 양산해 가야 하는가?

우리 모두 처절하게 반성을 하고, 이제는 정말로 각자의 맡은 위치에서 이 사회에서 더 많은 기득권과 특권을 누리는 정치인, 경제인, 언론인들부터 한 발짝 물러나고 더 성찰하면서 더 정신을 차리고 대한민국 과거 역사의 아픔과 미래의 희망에 대한 객관적이고 공정한 평가를 해야 한다. 다수의 국민들을 더 슬기롭고 지혜롭게 설득하는 생산적인 정치언론문화를 만드는 일에 앞장서야 할 것이다. 우리 사회가 이런 모습으로 가면 안 된다.

지금은 우리 대한민국이 세종시 문제로 파당경쟁을 하면서 국론을 좀먹을 시기가 아닌 것이다.

2010. 1. 18

그래도 아름다운 세상

오늘과 내일이 힘겨워 보여도
그래도 아름다운 세상이다
아직은 지구가 다 마르지 않았고
아직은 지구가 거친 숨을 쉬면서
사람들에게 희망을 주고 있다
지구는 아직도 겨울이면
어김없이 하얀 눈을 내리고 있고
다시 세월이 지나 춘삼월이 오면
우리에게 생명의 시작을 알린다
엷고 푸른 새순을 주는
아름다운 봄을 기다리는
우리들의 마음이 있는 한
그래도 이 세상은
아름다운 세상이라.

2010. 1. 14

힘겨운 북한의 마지막 생존전략

예상했던 바대로 북한 정권이 북미 평화협정 전술을 본격화하면서 북핵 문제의 본질을 흐리는 시간 끌기 및 분산 전술에 열을 올리고 있다. 이러한 예견된 북한의 사태는 명백하게 다시 한 번 북한 정권의 마음과 전술을 다시 한 번 우리가 되새길 수 있는 매우 좋은 소재가 된다.

북한 외무성은 11일자의 성명에서 "조선전쟁 발발 60주년이 되는 올해 정전협정을 평화협정으로 바꾸기 위한 회담을 조속히 시작할 것을 정전협정 당사국들에 정중히 제의한다. 평화협정이 체결되면 북미 적대관계를 해소하고 조선반도 비핵화를 빠른 속도로 적극 추동할 것이다. 평화협정 체결을 위한 회담은 2005년 6자회담 9.19공동성명에 지적된 대로 6자회담과 별도로 진행될 수 있고, 그 성격과 의의로 보아 현재 진행 중에 있는 조미회담처럼 조선반도 비핵화를 위한 6자회담의 테두리 내에서 진행될 수도 있다."는 말을 하면서 북한의 대남 노선 실천영역에서 명확한 선을 긋는 의중을 잘 드러내었다.

앞으로의 북한 정권의 평화협정 노선과 비핵화 노선에서 북한은 대한민국 정부를 상대로 한 진지한 대화국면을 무시하고 미국과의 직접협상을 더 선호할 것이며, 그동안에 북한 정권이 6자회담을 통해서 수차례 공언한 비핵화 약속은 더 이상 의미가 없다는 폭탄선언과 같은 북한의 의도를 적나라하게 드러낸 것이다. 이러한 맥락에서 진행되는 위장된 북한의 대남 대화 전술은 진정성이 많이 떨어질 수밖에 없는 것이다.

북한의 명확한 의도는 물타기 전술로 시간을 벌고 6자회담의 비핵화관련 의제를 분산시켜서 비핵화의 압박감을 평화협정이라는 더 큰 의제로 희석시키면서 우리 정부에게 더 많은 양보와 경제적 대가를 요구하는 정상회담 개최 전술로 갈 확률이 매우 농후해진다.

북한의 외무성 성명에서 북한 정권은 "제재라는 차별과 불신의 장벽이 제거되면 6자회담 자체도 곧 열리게 될 것이다."라는 문구를 명확하게 한 것은 현재 북한에게 가해지는 UN의 안보리 제재를 비롯한 각종 조치들이 우선적으로 제거되어야 한다는 북한식 노선의 일면을 드러낸 것이다. 국제 정치무대에서의 관습과 합의의 중요성을 다 뒤집어엎는 매우 일방적인 선언인 것이다.

결국 북한 정권은, 필자가 그동안에 수십 차례 필자의 개인 칼럼들을 통해서 지적한 것처럼, 핵을 포기할 의사는 처음부터 없었으며 끝까지 평화협정 체결 문제를 의제로 끌고 가서 한반도에서의 핵 군축협상, 그리고 불가할 경우에 핵 보유국 지위를 그대로 갖고 가는 전술 등으로 북한식 전략을 더 노골화하면서 중국의 소극적인 협조를 바탕으로 끌고 갈 것으로 보인다. 그들은 주한미군의 존재에 대한 부정적인 선전선동으로 결국은 반외세 노선을 남한 내의 친북 동조 세력들을 이용하여 노골적으로 선동하면서 한미 동맹의 고리를 더 느슨하게 만드는 전술로 올해를 보낼 것이다.

안보적으로 이러한 중차대한 위기가 오고 있는 이 시점에서 경제적인 처방이야 중도실용주의 노선을 잘 적용할 수 있어도 정치안보적인 영역에서의 '중도실용론'이 갖고 있는 위험성을 지적하지 않을 수가 없는 시점이다.

이렇게 막가파식으로 북한식 노선만을 이야기하는 북한에게 우리가 남북정상회담을 통해서 합리적인 합의에 기반한 실천 의제를 놓고 그들을 설득한다는 것은 매우 힘들다는 결론이 이미 주어져 있다는 생각이고, 설사 그들이 우리가 원하는 정책안에 일시적으로 합의를 하고 일정한 형식으로 공표를 한다고 해도, 그것은 위장된 전략·전술 이상이 아닐 것이라는 명백한 추측을 할 수가 있는 것이다.

역지사지(易地思之)로 생각해 보아도 북한의 독재 정권이 살아갈 길은 지금 북한이 상투적으로 전개하고 있는 이 전략·전술 이외는 대안이 없다는 스스로의 조그만 결론 도출도 가능한 것이다.

결국 그들은 핵은 핵대로 갖고 평화협정 논의를 진행시켜서 한반도에서 미군의 존재 이유의 희석을 위한 대대적인 선전선동 전술로 주한미군의 역할을 대폭 축소하고, 마지막으로 안보적으로 대한민국의 판을 흔들어 보겠다는 구시대적인 적화 전술의 늪에서 나오고 있지 못한 현실을 그들 스스로 자백하고 있는 것이다.

우리 정부가 이러한 문제를 어떻게 대응할 수 있을지에 대한 국민들의 고민도 더 커질 것이다.

꽃길 따라 산길 따라

피어난 눈꽃이여
그 누가 부르던 이름이던가
그렇게 하얀 산하라고
애타게 부르고 부르더니
이렇게 백년이 지난 후에
온 세상이 눈꽃이 되었네
꽃길 따라 산길 따라
이내 달려온 백두대간 길에도
눈꽃으로 세상이 변했네
백년의 바램은 컸나 보구나
천년은 안 되어도
만년은 안 되어도
백년의 바람은 컸나 보다
바람과 바람이 모여서
온 지구를 움직이고
온 우주를 움직여
우리 주위 모든 존재들이
눈꽃으로 변했나 보다
이제 그 백년의 바람이
이제 그 천년의 바람이
안식을 취하겠구나.

2010. 1. 11

하얀 눈, 하얀 눈

세상이 온통 하얀색이지요
순수한 아이들 마음이네요
백지장 같은 순수한 마음이네요
그 눈부시게 흰 눈길 위로
자동차가 달리고
사람 발자국이 달리니
하얀색이 얼룩져서 변하고
더러운 눈으로 변하네요
마음속으론
하얀 눈, 하얀 눈이라 외치지만
그리 오래지 않아
온 세상의 눈은
다시 사람들로 오염이 되네요
마치 아이들의 하얀 동심이
어른이 되면서
변해 가는 모습이네요.

2010. 1. 6

새해 벽두부터 이순신을 생각한다

어쩌면 우리는 새롭게 전개되고 있는 경인년 새해를 더 큰 기대감으로 맞고 있는지도 모른다.

이명박 대통령의 세일즈 외교가 성과를 거두고 한국 경제가 가장 모범적으로 세계의 금융위기 파고를 이겨가고 있으니 우리 국민들의 저력을 다시 한 번 세계에 과시하고 있는 대한민국 국운의 융성기란 생각을 해 본다.

이럴 때일수록 우리는 더 큰 기대를 이루기 위해서 더 냉철한 가슴으로 국가가 더 융성하기 위한 조건을 성숙시키는 대대적인 시민운동을 전개하여 온 국민의 에너지를 모으고 창조적인 에너지로 승화시키는 노력들이 필요한 시점이다.

아직도 우리 주변에는 상대적인 배고픔, 그리고 삶에 지친 환경을 비관하면서 정상적인 삶을 살고 있지 못한 사람들이 너무나 많고, 조금만 우리 시야를 넓히면, 아직도 위선과 정치선동으로 정상적으로 유지가 안 되는 체제를 유지하려는 북한이 바로 턱 앞에서 도사리고 있다.

우리가 한편으로는 국민 화합에 기초한 평화적인 남북대화를 당연히 끌고 가지만, 다른 한편으론 더 냉정한 한반도 정세를 인식하고 허장성세가 아닌 현실에 기반한 국민들의 합의와 이해를 모아갈 시점이란 생각이 드는 것이다.

임진왜란과 같은 위기 시의 나라에서는 영웅이 있어서 그 아픔을 잘 인식하고 그 아픈 역사를 반성하는 계기가 되지만, 오히려 지금처럼 평화와 풍요로움만을 앞세우는 안정기에는 그 속에 도사리고 있는 복병인 함정을 우리가 못 볼 수가 있는 것이다.

진정으로 나라를 사랑하고 우국충정을 실천하는 많은 국민들이 편견에 구애되지 않고 양껏 그들의 재능을 발휘하고 꽃피울 수 있는 민주주의 토대를 더욱더 공고히 하는 역사적인 작업을 우리는 한시도 게을리하지 않을 수가 없는 것이다.

아직도 북한은 핵 보유국가를 기정사실화하는 전제로 북미회담을 진행 중이고 정치선동적인 남북대화를 위한 위장평화 공세의 고삐를 늦추지 않고 있는 2010년인 것이다.

그렇게 열정적으로 가족의 희생을 보면서도 모든 것을 바쳐서 무능한 이씨 왕조를 구해내던 이순신 장군에게 정치적인 음모와 시기로 그의 순수한 우국충정을 왜곡시키고 폄하한 임란 당시의 소인배들을 생각하면 지금도 분개하지 않을 수가 없다.

바로 그러한 시기와 폄하의 정치문화에 우리는 과감한 수술을 할 시점이 된 것이다.

혹시라도 오늘날 우리 주위에 바로 성웅 이순신 장군과 같은 충정과 애국심으로 나라에 봉사하는 사람들의 뜻을 왜곡하고 남들의 소중한 공을 가로채면서 연명하는 기생충 같은 소인배들이 우리

주위에 있다면, 우리 한국 사회는 이들의 세력 확장을 저지하고 진
정한 민주주의 토대를 닦는 대대적인 운동을 전개할 시점이 된 것
이다.

우리 모두 힘을 모아 위대한 대한민국을 만드는 일에 매진하는
한 해가 되었으면 한다.

2010. 1. 2

애국하는 영혼들과 함께한 한 해를 뒤로하면서

세상이 참으로 빨리 변하고 있습니다. 다사다난했던 2009년도는 가고 다시 희망과 도전의 2010년을 맞이하고 있습니다. 우리 모두 각자의 삶 속에서 얼마나 많은 고통과 또한 행복감으로 섞인 한 해를 보냈는지 많은 회상으로 연말연시를 맞이하고 있을 것입니다.

아무리 시간이 많이 흐르고 세상의 모습이 변해도 변치 않는 진리는 항상 우리 주위에 있습니다. 그것은 바로 우리가, 우리 한민족의 역사가 바로 얼마 전까지만 해도 나라 잃은 아픔과 고통으로 비분강개하던 애국지사들의 영령들이 지금도 이 한반도를 지키고 있다는 사실입니다. 우리가 역사를 거슬러서 가까이 가 보고 임진왜란을, 한일합방 시기를 그리고 동족상잔의 비극인 6.25를 생각해 보면 더 간절한 소망을 읽을 수가 있습니다.

다원주의 사회의 발전과 개인주의의 범람으로 나라와 민족을 생각하는 사람들은 포퓰리즘의 희생양으로 전락하여 바보처럼 취급이 되고 약삭빠르고 자기 것만 챙기는 탐욕스런 물질주의자들이 세상에서 승리하는 듯한 혼돈의 시대에 우리가 살고 있습니다.

이럴 때일수록, 우리는 가장 근본적이고 기본적인 덕목의 중요성을 다시 깨닫고 우리의 옷고름을 다시 추스르면서 우리가 추구하는 선진 부국의 문턱을 넘기 위한 진정한 윤리의식을 갖춘 자유시민의 덕목과 실천윤리를 점검할 때인 것입니다. 제대로 된 민주주의는 개인의 역량과 개성이 최대한 존중되고 발휘되도록 사회의 제도를 정비하고 독려하면서도 우리 한민족 공동체의 모든 중요한 덕목인 자유, 평등, 통일, 복지, 사랑, 봉사 등의 담론에 대해서 우리 사회구성원 전체가 더 중요한 동기를 부여하고 이를 위한 희생을 일정부분 감내하는 사회 분위기가 만들어져야 한다는 것입니다.

이러한 사회 분위기를 만들기 위한 대대적인 사회개혁운동, 정치권 변혁운동이 없이는 우리가 원하는 사회의 건설이 요원하다는 절망감이 있는 것도 사실입니다. 좀더 성숙한 민주 시민 역량으로 무장하고 얄팍하고 천한 이기주의적인 상업주의 및 물질주의의 희생양이 되지 말고 자기 주관과 균형 잡힌 역사의식을 갖춘 성숙된 시민으로 거듭나서 우리가 지금 처한 혼돈과 무질서의 본질을 하나하나 제거해 나가는 공동체운동이 필요한 시점이기도 합니다.

이렇게 균현 잡힌 사고를 하면서 나와 우리 사회, 국가의 안녕을 도모하고 자신과 가족 그리고 주위 분들과 모두가 공유하는 소중한 행복과 꿈을 추구하는 진정한 민주주의 사회를 건설할 수가 있을 것입니다. 다가오는 새해에는 우리 모두 이렇게 질적으로 한 발 더 나아가는 시대를 위한 대 도약의 시간이 되었으면 하는 마음에서 두서없이 몇 자 적어 보았습니다.

감사합니다. 거듭 즐겁고 복된 연말연시가 되길 기원 드립니다.

2009. 12. 29

상자 속의 사람

얼어붙은 한겨울에는 사람도 없다
거친 입김을 품으며 걸어가는 지하도
광화문의 지하도엔 한기만 서린다
얼핏 보이는 상자로 된 인형의 집
인형의 집이 아닌가 보다
가까이서 안을 보니
박스 속엔 노숙자가 자고 있구나
죽었는지 살았는지
감히 만지지도 못하고
뒷걸음으로 내 길을 재촉한다.

2009. 12. 28

나무야, 나무야

숨 거칠게 내뿜으며 오른 이 산꼭대기에
황혼에 지는 노을빛이 너의 가슴에 묻어 있구나
2차대전에 강제 징집된 조선인들이
저 일본군으로 소련군으로 독일군으로
조국의 숨소리도 들리지 않던 시베리아에서
저 칼바람 불던 만주에서 느끼던
그 차디찬 이국의 황혼이 아닐진데
어머니를 부르며 산화한 영혼들이 남긴
사람의 마음이 너의 마음이 아닐진데

다시 그 많은 세월이 흐른 후에
까맣게 속이 다 탄 한 마음이 그 나무를 만지니
너의 마음도 안타까워 그리 다 검게 타는구나

세월이 흐르고 흘러서 민주주의를 말하고
김소월이 〈산유화〉로 자연을 노래하며 왔어도
사람의 깊은 마음을 노래하는 저 역사의 소리
이렇게 어둠과 아픔으로 남아 메아리치니
왜소한 나무만이 힘겹게 짊어지고
오늘 이렇게 산 정상에 외로이 서 있구나

이 아픔을 더 새겨야 할 우리들
깊은 깨달음으로 더 새겨야 함에도
사람들은 다 잊어버리고 또 다른 아픔을 만들고 있구나
또 다른 아픔을 만들고 있는 우리들

오늘 이렇게 빨간빛으로 물든 황혼이
사람의 마음에도 저 나무들의 마음에도
까맣게 탄 마음으로 가까이 다가서지 말고
그 지겨운 역사의 아픔을 다 지우고
어서 어서 새로운 희망을 담은
사람다운 사람의 노래로 와야 할 터인데
사람도 이 나무도 그래야 더 편히 쉴 터인데

나무야, 나무야

그 누가 너를 나무라고만 그리 말하더냐
그 긴 세월 이 아픔을 보고 온 너에게
너를 영혼이 부재한 나무라고만 하더냐
그리 견디어 온 너는 사람보다 더 장하구나
오늘 이리 칼바람 부는 산 정상에서
그 고통을 견디어 온 너의 영이 깃들고 차디찬
사람의 마음을 가진 나뭇가지를 만져 보니
너는 이리도 안타까운 몸짓으로
간절한 마음으로 내 마음속의 응어리를
전달받으려 애쓰고 또 애쓰고 있구나

나무야, 나무야

우리 과거의 아픔일랑, 고통일랑
다 잊어버리고 저 멀리 저 황혼으로 묻어버리고

다가오는 2010년 새해에는
새로운 희망으로 즐거움으로
새로운 역사를 쓰는 우리들이 되자꾸나.

2009. 12. 26

사람 위에 사람

사람이 사람을 우습게 안다
사람이 사람을 미워한다
하늘은 사람을 사람이라 말하지만
사람은 사람을 사람이라 말하지 아니한다
하늘은 사람을 사랑하지만
사람이 사람을 사랑하지 아니한다
하늘은 사람을 더 귀히 여기지만
사람이 사람을 천대하고 멸시한다
사람이 사람을 지배하고
사람이 사람을 잘못 평가하는
잘못된 문명(文明)을 멈추는 길은 없는가
사람이 자신을 신(神)이라 하고
사람이 자기 자신을 절대자(絶對者)라 하고
사람이 자기만 귀하다고 하면서
다른 사람들을 업신여기는 문명(文明)
이 문명을 바꾸지 못하면 우리는 항상
전쟁과 파괴를 위한 대량생산과 대량소비를 할 뿐
인류의 영원한 평화(平和)는 오지 않는다
사람 위에 사람을 정당화하는
사람답지 못한 그릇된 문명으로
우리는 스스로 파멸의 길을 재촉할 것이다
사람이 사람을 사람으로 보기까지
보이지 않는 파멸(破滅)의 길이 올 것이다.

2009. 12. 21

본 예배 기도문

사랑과 은혜의 하나님!

온 대지가 다 얼어붙고 우리들의 마음도 다 얼어붙었습니다. 사람들이 이 거대한 자연현상 앞에서 이렇게 한없이 힘이 없는 존재로 떨어지는 모습을 보면서 온 만물의 창조주이신 하나님의 뜻과 이 세상을 만드신 뜻을 다시 한 번 생각해 봅니다.

일찍이 사도 바울은 우리 신도들로 하여금 사랑에 대한 올바른 이해를 주문하였습니다. 그것은 주님이 역설하신 화평이라는 믿음입니다. 올바른 화평은 먼저 자기의 잘못부터 뉘우치고 또한 간접적으로도 자기와 연관된 잘못도 마음속 깊이 깨닫고 용서를 구하는 것에서부터 시작되는 것입니다.

우리는 다시 한 번 아기 예수의 탄생을 기념하는 성탄절을 맞이하면서 진정한 화평의 의미와 우리가 하나님의 이 뜻을 어떻게 섬기고 살아가는지에 대한 진진한 고민과 반성을 해야 할 것입니다. 바로 우리 주변을 돌아보아도 아직도 힘들고 어둔 아픔의 그늘 속에서 하나님의 사랑을 기다리는 아주 나약한 존재들이 무수히 있습니다. 우리 스스로 우리들의 사랑을 그들에게 하나님의 이름으로 전파하지 못하고 그들을 방관하는 이기적이고 나약한 신자로서 하나님을 향해 기도만 하는 것으로 우리가 구원받는 것이 어렵다는 것을 우리가 깨달아야 합니다.

하나님 아버지!

더불어 함께 살아가는 이 지구촌에서 우리는 나 자신과 우리 가족 그리고 상대방, 그리고 우리 이웃에 대한 배려와 애타적인 성찰로써 남의 단점보다는 장점을 이야기하고 그들을 감싸고 사랑함으로써 우리가 갖고 있는 인간의 근원적인 사악함을 치료하고 설득과 애정으로 하나님의 나라로 가는 바른 여정을 인도하는 실천의 신앙인이 되어야 할 것입니다.

사랑과 은혜의 하나님!

우리들 가까이서 바로 우리들의 문제를 우리가 사랑과 관용으로 껴안고 포용하는 큰 사랑의 실천을 이루고, 그러한 사랑의 정신으로 바로 우리 이웃으로, 그리고 전국으로, 다시 북한으로 그리고 전 세계로 대한민국의 기독교정신을 함양하는 참되고 미래지향적인 기독교인이 될 수 있도록 하나님의 큰 가르침을 주시옵소서! 이것이 성탄을 생각하는 하나님의 뜻입니다.

우리 교회가 우리들의 죄에 대해 참회하는 성령 속의 가족됨으로 서로를 진정으로 사랑하고 보다듬으며 스스로 사랑을 실천하면서, 허물을 들추며 남을 비난하기보다는, 서로 감싸고 사랑하는 정신으로 단합된 교회의 정신을 다시 세울 수 있도록 모든 성도들에게 바른 성령과 깨달음의 시간을 허락해 주시옵소서! 이 성전을 담임하는 목사님에게도 더 큰 성령과 축복을 주시어 이 교회가 더 강건하게 거듭날 수 있는 하나님의 뜻을 주시옵소서!

　이 일산지역에서 사랑과 포옹의 정신으로 더 성장하고 더 인정받는 하나님의 성전으로 우뚝 솟을 수 있도록, 하나님의 크나큰 은총을 위하여 기도 드리고 또 기도 드리옵니다. 나를 죄악에서 구원하신 예수님의 이름으로 기도 드리옵나이다.

2009. 12. 20

운현궁의 흑죽(竹)

홍선 대원군이 불러서 기쁨으로 운현궁으로 달려가니
사람들은 간데없고 운현궁 앞마당에 먼지만 날리누나
대원이 합하가 임오군란(壬午軍亂)의 책임을 지고
청나라로 호송되어 삭풍(朔風)을 거울 삼아 삼 년을 보내더니
오늘의 이 강추위는 운현궁이 다시 이를 되새김인가
노안당, 노락당에 머무는 서글픈 한기(寒氣)들이
드나들던 사람마저 이리 다 쫓아버리고 말았으니
부대부인 민씨의 한숨 소리만 운현궁의 안채에서 들리네
이로당의 온기(溫氣)를 따라 허겁지겁 안채로 들어가니
이러지도 저러지도 못하는 아낙네의 하소연 소리가 들리네
이씨 왕조의 권위를 위한다던 대원군의 나라에 대한 충정(忠情)도
고종의 성군 정치를 위한 명성황후의 나라를 지키려던 외침도
안채의 한숨 소리 앞에서 한낱 어설픈 사심(私心)으로 추락하는가
이로당으로 들어가는 길목에 까만 대나무 몇 그루 서 있고
구한말에 속을 너무 태우다 말고 온 힘으로 버티다가
부대부인 민씨의 한스런 마음을 나누고 담아 이리저리
바람과 비에 휘둘리다 이리저리 외풍(外風)에 휘둘리다
이리도 까마디 까만 흑죽이 되었나 보다
속만 까만 것이 아닌 겉모습도 까맣게 되었나 보다
오늘 불현듯이 이곳에 다시 서니 100년을 뒤로 보니
대한제국(大韓帝國)으로 밀려들던 청나라의 간섭도 일본의 침략도
한낱 역사 속의 보이지 않는 회한(悔恨)의 재가 되어서
이곳 앞마당 저 위 상공에서 푸른 소나무를 굽어 보며
이리 추운 한파(寒波)를 엷은 태양빛으로 거닐고 있나 보다.

2009. 12. 18

아무리 미국의 위치가 곤궁하다 해도

스티븐 보스워스 미 국무부 대북 정책 특별대표가 평양에 가서 과거는 물론, 현재와도 확연히 다른 비전을 북한 정권에 전달했다는 이야기가 무엇을 의미하는지 참으로 많은 궁금증을 불러일으킨다.

우리 언론들이 그 내용에 대해서 아직 잘 알지 못하는 것을 보면, 아마 우리 정부도 그 구체적인 내용에 대해선 아직 미국 정부로부터 공식적인 통보는 없었다고 보아도 그리 큰 무리는 아닐 것이란 생각을 해 본다.

얼마 전에 이명박 대통령이 일괄타결 협상방안(integrated approach)을 내놓은 뒤, 미국식의 '그랜드 바긴' 구상이라면 그 구체적인 내용이 무엇인지 동맹국으로서 우리 한국 국민들이 응당히 알아야 할 권리가 충분히 있는 것이다.

16일자로 미 국무부에서 열린 브리핑에서 보스워스 대표는 "북한이 비핵화라는 목표를 향해서 나아갈 준비가 되어 있다면 북미 양자관계는 물론 동북아시아에서의 전반적인 관계를 개선할 수 있는 구상"이라는 의견을 피력했지만, 암묵적으로 북한이 그토록 주장하는 평화협정을 염두해 둔 미국의 시나리오일 것인데 우리 정부가 이렇게 일방적으로 북미 간의 양자구도에 끌려 다녀도 되는 것인지에 대한 의문점이 매우 크게 다가온다.

이제는 그 누구도 김정일 정권이 살아 생존하는 동안 북한이 비핵화라는 전략적 결단을 내리지 못할 것이란 사실을 잘 알고 있는 시점에, 현 북한의 독재 정권을 살려주는 미국의 옹졸한 외교 전술에 후대의 역사가들은 혹독한 평가를 할 확률이 매우 높을 것이다.

사실 새삼스러울 것도 없는 내용을 또 담고 있는 평화협정 체결을 전제로한 북미관계 정상화, 그리고 우리를 비롯한 국제사회의 대대적인 경제지원 패키지가 논리성은 충분히 있지만 현실적으로 작동할 수 없는 오염된 북한의 정치적인 토양이 양산하고 있는, 뒤엉켜 풀릴 수 없는 부정성을 더 면밀하게 분석하고 북한에게 끌려서 시간끌기 전술의 포로가 되어선 안 된다. 미국의 외교 자체를 위한 협소한 외교적인 제스처를 통해서 더 이상 북한에게 시간을 주는 빌미로 악용되지 않도록 미국 정부의 현명한 대처가 필요한 시점이다.

우리 정부도 안 되는 회담에 목을 걸고 자꾸 시간을 북한에 벌어주어서 더 많은 핵을 북한 정권이 갖기 전에 더 현실적인 효력이 생기는 전술로 미국과 다시 팔을 걷어 부치고 담판을 하고, 중국 정부의 현명한 협조를 이끌어내는 발상의 과감한 전환이 필요한 시점인 것이다.

2009. 12. 18

황사에 쓰러진 한강의 갈대

추움의 연기가 날아다닌다
한강 상공을 훠워이 저으면서
보이지 않는 한기(寒氣)의 연기들이
여기저기서 날아다닌다
한강 속도 더 검푸르러 보이는 이즘
이제 수명을 다한 한강의 갈대들
그들도 힘든 삶을 마치고
황사 먼지를 안고 그리 누워 있다
추워서 더 무거워진 그들인가
아무리 내 따뜻한 마음을 주려고
눈길을 그리 한강으로 주어 보아도
이미 생명력을 잃은 그들은
황사에 치어 그리 누워 있는 것이다
노란색으로 몸을 단장하고
그리 누워 있는 것이다.

2009. 12. 15

양안(兩岸)에서 바라본 한반도

―개혁개방 이야기는 금물인 북한사회

어제 필자는 2004년부터 필자가 객원교수로 있는 대만국립정치대학 외교학과에 와서 한반도 문제(북핵 문제의 본실과 미중 간의 협력외교)를 주제로 특강을 하였다.

제18차 한대만학술회의에 논문발제 차 대만에 온 필자는 전 세계에서 유학 온 대만정치대학의 외교학과 대학원생들에게 대만과 한국이 공유하고 있는 안보 이익의 본질과 문제점에 대해서 북핵을 중심으로 비교적 상세하게 전달하였다.

문제는 이들 외국 학생들이 한반도 문제의 본질에 대한 이해가 매우 부족함을 그들의 질문에서도 느낄 수 있었지만, 진실을 배우려는 그들의 진지한 태도는 필자를 감동시키기에 충분한 것이었다. 영어로 진행되는 특강이지만 상대적으로 영어구사 능력과 이해력이 우리 한국 학생들보다는 더 뛰어난 것 같아서 국제화에 대한 우리 정부의 자세가 교육부문부터 다시 한 번 점검되어야 할 것이란 가정을 해 보았다.

저녁에는 중국 본토의 북경과 산동성에서 온 한국 문제 전문가들과의 만찬을 겸한 대화 자리에서는 최근의 북한 사정을 알 수 있는 발언들이 있어서 앞으로 북한사회가 가야 할 험난한 여정을 느낄 수가 있었다. 중국의 한 한반도 전문가는 최근에 평양을 방문해 보니 아직도 북한에서는 개혁이니 개방이니 하는 단어를 입에 직접 담는 것조차 금기시되는 매우 어색한 사회라는 것이다. 개혁·개방조차도 입에 담을 수 없는 사회이니 그들이 개혁·개방으로 가는 것이 얼마나 먼 여정인가를 멀리서 유추할 수 있는 중요한 단서가 되는 것이다. 북핵을 중심으로 북한이 무슨 생각을 하고 있는지를 우리가 깨달아야 할 것이다.

오늘 열린 제18차 한·대만문화관계국제학술회의에서 필자는 "동아시아 평화공동체를 지지하는 한국과 대만—21세기의 새로운 한 대만관계전망"을 주제로 양국이 교역이 250억 달러라는 무역량을 곧 초과하는 상호의존적 무역파트너로서 '한대만경제공동체(Korea-Taiwan Economic Community)'에 대한 적극적인 모색이 향후 양국 관계발전에 매우 필요함을 역설하였다. 중국 본토의 '하나의 중국정책(One China Policy)'으로 정치·외교·군사 분야에서의 발전에 심각한 장애요인을 격고 있는 양국이 비정치적인 분야에서 최대의 공약수를 엮어내는 개념으로 '한대만경제공동체'에 대한 다각적인 모색을 필자가 주장한 것이다.

많은 중국 본토의 한반도 전문가들도, 참석한 동 국제학술회의에서 궁극적으로 냉전의 찌꺼기가 남아 있는 동아시아에서 미국과 중국의 패권 경쟁의 틈바구니에서 유럽의 공동안보(common security), 집단안보(collective security)개념을 벤치마킹한 '동북아시아 다자안보협의체'를 위한 한대만의 공동 노력이 동아시아에 자리 잡은 모든 나라의 국익에 부합함을 역설하면서 결국에는 중국 의 공산당(CCP)도 동아시아의 공동체를 바라보는 문제와 비정치적 인 분야에서의 이러한 한국과 대만의 통합 노력을 지지하는 것이 동북아의 안정적인 미래 질서 확립에 도움이 될 것이란 필자의 주 장에, 그들도 상당부분 긍정적인 자세를 보여주었다. 물론 더 구체 적으로 들어가서 대만이 중국의 일부분이 아닌 하나의 독립된 국가 로 접근하는 문제에서는 매우 부정적인 북경의 입장이 변하진 않을 것이다.

동북아시아의 이 지역의 주요 국가들이 미래에 얼마나 진정성을 갖고 유럽의 기능적인 통합모델에서부터 나토(NATO)를 중심으로 한 집단안보의 개념, 그리고 유럽안보협력기구(OSCE)의 발전과정 에 대한 전향적인 고민을 하고, 이를 위한 여러 나라들의 연구와 대 화가 착근하는 문제가 매우 중요한 협력 의제로 떠오르고 있는 것 이다.

북핵 문제를 중심으로 전개되고 있는 미묘한 신경전이 빨리 합리 적인 다자 해결의 틀 안에서 정리되고, 이 지역의 안정적인 질서 확 립을 위해서 대만과 한국이 같은 민주주의와 시장경제의 틀 안에서 고민하는 것은 매우 의미가 있기 때문이다.

언제까지 북한이 중국 본토의 등에 업혀서 주체사상만 갖고 살아 가려고 하는지 답답할 따름이다.

2009. 12. 12

푸르름을 녹이는 정원

수저를 들고 옥상을 보니
푸른 정원이 놓여 있네
둥글게 만든 흑색의 돌덩이
양잔디가 빗물로 숨을 쉬네
그 검은 돌과 푸른 잔디
송도의 빗물을 영양분으로
이렇게 푸르게 다가오네
사람의 마음은 점점 검어지는데
겨울이 와서 더 검어지는데
잔디만 더 푸르르네.

2009. 12. 10

서둘 필요가 없는 3차 남북정상회담

지금 스테픈 보스워스(Stephen Bosworth) 미 대북 특사가 평양에서 강석주 북 외무성 제1차관과 북핵을 중심으로한 한반도의 평화 문제를 다루고 있을 것이다.

북한의 속성을 너무나 잘 알고 있는 미국이지만, 북핵 문제를 방치하는 것보다는 설사 단기적으로 실효성이 적더라도 장기적인 관점에서 북한과 대화를 통해서 입장 타진이라도 하겠다는 미국 정부의 적잖은 고민이 많이 보이고 있는 시점이다.

이렇게 일방적으로 오랜 시간 동안 6자회담을 박차고 나와서 북미 회담만 고집하는 북한의 태도는 국제사회가 요구하는 진정성(sincerity)과는 매우 거리가 먼, 이율배반(二律背反)적인 외교행태인 것이다. 더군다나 우리 정부를 제외하고 북미 직접회담만 고집하는 북한 정권의 태도가 본질적으로 변하지도 않았고 앞으로도 전혀 변하지 않을 것이다. 전술상의 변화는 있을 수 있지만 본질은 변하지 않을 것이다.

혹시나 우리 정부가 생색용인 만남을 위한 만남으로 북한 정책을 추진해서 북한에게 규정을 어기고 벼랑끝 전술(brinkmanship)을 구가하고 있는 핵 무장 집단을 정상국가로 대우하는 잘못된 메시지를 주고 우리 국민들에게 마치 한반도에 김정일 독재 체제를 상대로 한 협상의 결과로 평화적인 공존이 가능할 것이란 그릇된 메시지를 주는 일도 매우 경계해야 할 것이다.

이명박 대통령이 김정일 위원장과 만나서 어디서 무슨 대화를 하든지 가장 중요한 관건은 북한이 대한민국 정부와 진정성을 갖고 진술한 대화를 하는가이고, 이에 기반하여 국제사회의 흐름에 적극 동참할 것인가 하는 가장 기본적인 북한 정권의 노선의 문제이다.

그러나 북한을 조금 아는 사람이라면, 억압적인 김정일 체제가 그곳에 있는 한, 바로 그러한 바람은 헛된 망상이라는 것을 다 알고 있다. 그렇다 하더라도 국군 포로 송환 같은 인도적인 문제를 주제로 한 대화가 전혀 무의미한 것은 아니다. 가장 중요한 안보 문제에서의 불신이 인도적인 문제로써 풀리지 않는다는 것을 우리 국민들이 냉정하게 숙지를 하고 좀 더 인내심을 갖고 북한 내부의 체제가 변화하는 시간을 기다리는 것이 최선의 대북 전략이 될 것이다.

굳이 남측으로부터 북한이 항상 주장해 온 억지 논리와 협박성 논조로 얻어낼 경제적인 지원만을 염두해 둔 북한을 만나서 우리가 얻을 것이 무엇인지 곰곰이 따져 보고, 당분간은 한미 동맹의 공고화를 통한 안보태세 점검이 더 중요하고 더 큰 국가적 과제란 생각을 해 보는 것이다.

이상적인 남북 문제 논조로 마치 남북정상 간에 만나는 것 자체가 한반도의 데탕트를 이끈다는 근거 없는 우리 사회의 공론은 우리의 안보에 커다란 구멍이 될 수도 있는 것이다.

북한은 과거에도 그랬고 지금도 틈만 보면서 우리 사회의 균열을 부추기고 이 틈새를 이용하여 한반도의 적화 노선을 포기하지 않고 있기 때문이다. 무리하게 북핵을 머리에 이고 가는 북한의 모습이 가장 생생한 증거인 것이다. 물론 그렇다고 우리가 북한과의 대화를 게을리할 수는 없지만 말이다.

2009. 12. 9

아버지 눈이 왔어요

동지섣달 한겨울에
사람들은 잠에서 일찍 깹니다
멀리서 아련하게 밀려오는 하얀 눈의 추억
이불 속의 온기가 충만한 가족의 아침
눈이 쌓이는 소리도 모른 채
곤하게 어지러운 꿈 여행을 마치고
다시 가족의 품으로 돌아오니
하나님이 우리 가족에게
큰 선물을 보냈어요
평화로운 우리 가족에게
그것도 아주 많이 보냈지요
촌동(村童)은 스스로 눈 비비며
외친 기억이 납니다
"아버지! 눈이 왔어요."
아버지는 말이 없이 눈만 치우고
아버지 대신 하늘에서 대답했지요
그 누가 대답했지요
뒤뜨락 감나무에서 지저귀는
이름도 모르는 나그네새가
가시만 남은 나뭇가지에서
대답했지요 거칠게 대신했지요
먹을 것이 없으니 제발
너의 순수한 마음으로
어서 먹을 것을 달라고요
동심(童心)에겐 큰 즐거움이었으나

그 새에겐 배고픔이었지요
서둘러서 겨울 옷을 입고
광으로 들어가 조와 쌀을
크나큰 나무 그릇에 담아
곡식을 뒤뜨락에 한아름
마구 뿌렸습니다
아버지의 책망도 무시하고
새가 있는 곳으로 힘껏
콧노래를 부르며 던졌지요.

2009. 12. 6

통이 큰 김정일 위원장에게
―통이 큰 결단으로 한민족 위대한 번영의 역사를 열어야 한다

안녕하십니까? 김정일 위원장님!

지금도 북한 정권의 생존 문제로 많은 고민을 하고 있는 흔적이 여기저기서 느껴집니다. 화폐개혁으로 누그러진 주민 통제의 고삐를 다시 조이면서 체제 보존의 무리한 게임을 지탱하는 김 위원장의 그 고뇌가 이곳 서울에까지 생생하게 느껴집니다.

오늘 한 대학의 정외과 전공과목 수업을 종강하면서 당면한 한국의 과제가 큰 흐름에 매우 둔감한 정치인들이 벌이는 파쟁의 대상으로 전락한 세종시 문제가 아니라, 바로 북핵을 중심으로 한 북한의 불안정한 정치 체제 문제와 한미 동맹의 핵심고리인 전작권 전환 문제라는 소신을 이야기하면서 아주 불안정한 한민족의 장래를 논의하지 않을 수가 없었습니다.

이제는 폐쇄적인 민족주의에 기반한 북한식 가부장적 전체주의 체제로는 북한 주민의 장래는 물론, 김일성 · 김정일 · 김정은 체제의 무리한 세습이 매우 어려울 뿐만 아니라, 앞으로 한민족의 장래를 결정하는 부정적이고 급격한 주요한 변화들이 바로 북한에서 일

어날 것이란 걱정을 하면서, 배달의 후손인 우리 민족이 더 통합된 개혁과 개방으로 새로운 21세기를 준비하기 위해선 김 위원장의 통이 큰 결단이 매우 중요하다는, 평범한 한국의 보통 시민의 목소리를 전달하기 위해서 이렇게 펜을 들었습니다.

이제 대한민국은 세계 10대 경제대국으로 내년에는 서울에서 G-20회의도 유치하는 성공사례가 되었습니다. 이제부터는 대한민국을 적화하여 공산혁명을 완수한다는 일장춘몽(一場春夢)을 철저하게 버려야 합니다.

북한 전체주의 체제를 지탱하던 국가주도형 보급경제에서 주민들의 생계고리인 식량보급제가 그나마 작동이 멈추어진 지난 1990년대부터 주민들이 생존을 위해 먹는 문제를 해결하기 위해서 산에서 들에서 풀뿌리를 캐고 암시장을 형성하면서 성장해 온 북한의 지하경제를 말살하는 이번의 화폐개혁 조치를 통해서 보건대, 이젠 김정일 위원장이 권력의 핵으로 있는 북한 정권이 막바지에 다다르고 가파른 호흡을 마지막으로 가다듬고 있다는 강한 여운을 느낄 수가 있었습니다.

자꾸 무리수를 두면 종국에는 급격한 파국을 맞이하는 것이 역사의 순리(順理)이지요. 북핵 문제부터 체제 세습의 문제는 오히려 체제에게 커다란 부정적 부메랑으로 되돌아와 독재 정권의 명줄을 조일 것이 명약관화(明若觀火)합니다. 어서 6자회담에도 나오고 북한 주민들이 진정으로 사는 길을 열어주어야 합니다.

김정일 위원장께서는 더 늦기 전에 통이 큰 결단을 담대한 민족사랑 차원에서 통이 아주 크게 내리고 이제는 그동안 고통받았고 역사의 희생물이 된 북한 주민들을 위해서 역사의 음지(陰地)에서

양지(陽地)로 나오는 대 결단을 할 시기가 임박한 것입니다.

더 이상 그동안 수백 만이나 아사자(餓死者)로 둔갑한 북한의 영령(英靈)들을 욕되게 하지 말고 오도된 이념 노선으로 파생되었던 이제 그만 잘못된 시대의 흐름에 기대었던 개인이나 가문의 영욕을 위한 시대착오적인 권력놀음을 내려놓고 평범한 시민으로 돌아가는 해외 망명계획을 세워야 할 시기라는 판단입니다.

그렇게도 치열하고 조직적으로 주체사상으로 무장하고 북한의 주민들을 사랑한다는 오도(誤導)된 메시지로 지난 60년을 버티어 왔으면, 이제는 후삼국의 궁예가 되는 전철을 밟지 않기 위해서도 불쌍한 배달의 후손인 북한 주민들이 개혁·개방 속에서 조금은 희망을 갖고 자신들 삶의 미래를 개척할 수 있도록 김 위원장이 망명하는 결단으로 스스로 퇴로를 열고, 북한 땅에서 자유민주주의 체제는 아니더라도, 전환기적인 관점에서 최소한 시장경제를 용인하는 중국식 체제로 전환하여 임시 대책을 등소평과 같이 합리적인 인사들이 등극하여 세울 수 있도록 북한에 새로운 체제 변혁이 필요한 시점입니다. 이것이 집단지도 체제이든 단일한 인물중심 체제이든 지금보다는 훨씬 더 나은 북한의 체제가 될 것이니까요.

루마니아의 차우체스크가 걸은 불행한 종말을 겪지 않도록 스스로 결자해지(結者解之) 차원에서 역사에게 사죄하고 미리 가족 전체가 망명을 선택하여, 과거 잘못된 노선으로 역사의 짐을 크게 만들어온 자신의 잘못을 스스로 속죄하고 통일 후의 한민족의 번영을 위한 조그마한 기여라도 할 시점인 것입니다. 아버지 김일성 주석이 고민하지 못한 문제를 이제 김정일 위원장이 통 큰 결단으로 내리고 실천을 해야 합니다. 필자가 보기엔 이제 더 이상 시간이 없어 보입니다.

김 위원장의 문제가 있는 건강에서부터 이런저런 부정적인 기운들이 한반도 상공에서 자꾸 이상한 징후들을 날려 보내고 있습니다. 이러한 모습이 필자의 눈에는 서서히 검은 구름처럼 들어오고 있습니다.

김정일 국방위원장님!

더 늦기 전에 결단을 내리고 더 이상 북한 땅이 중국의 신경제 식민지로 전락하지 않고 북한의 풍부한 노동력을 남한의 자본과 기술 그리고 국제사회의 도움으로 새로운 민주주의 영토로 바뀔 수 있도록 통 큰 결단을 내리고 자신과 가족들의 안전을 보장받는 것이 가장 지혜로운 결단이 될 것이라는 것이 필자의 판단입니다.

무리하게 핵을 더 강화하고 보유하는 노선으로 백성들을 옥죄이는 최악의 통제 노선으로 연명이 다 차고, 다 한 정권의 수명을 연장하려 하지 말고 필자가 제안한 방향으로 위대한 배달민족의 후예답게 위대한 한민족의 시대를 여는 첫 단추를 김 위원장이 스스로 끼워서, 독재자로서 잉태한 그동안의 역사적 죄과에 대한 철저한 회개와 사과를 함으로써 가족들의 남은 삶이라도 보장하는 것이 김 위원장이 현명하게 삶을 정리하는 길일 것입니다.

이제 더 이상 인류의 역사는, 더 구체적으로 한반도의 역사는 김정일 위원장의 편이 아닙니다. 세계사의 물결은 도도히 억압과 구속의 통치 세력들에게 철퇴를 가하고 자유와 창조가 보장받는 개방과 자율의 시대로 더 활짝 열릴 것입니다. 김 위원장이 더 이상 망설일 시간과 여유가 없는 것입니다.

부디 더 늦기 전에 통이 큰 결단을 내리고 잘못된 역사를 바로잡

는 일에 조금이라도 기여하고 북한 주민들의 미래를 열어주는 진정
한 통이 큰 지도자가 되기를 기대해 봅니다.

　그럼 이만, 통이 큰 결단을 기다리는 한 대한민국의 평범한 시민
이⋯⋯.

　2009. 12. 3

이명박 대통령에게

　성공적인 방미 일정을 소화하느라 고생이 많으셨습니다. 귀국하자마자 산재한 국내 정치현안들과 남북 문제에 더 많은 고민이 있을 것입니다.

　제가 오늘 이러한 글을 쓰는 이유는 금과옥조(金科玉條)처럼 지극한 정성으로 많은 노력과 온 국민의 정성을 모아 만들어 놓은 이 정권이 반드시 이뤄야 할, 앞으로 3년 뒤에 다가올 정권 재창출이라는 큰 과제를 생각하면, 이 정권 창출에 나름의 조그만 지분을 갖고 있다는 소박한 자부심이 큰 답답함으로 변하는 현실을 전달하기 위해서입니다.

　대통령께서 취임 초부터 여의도 정치인들을 조금은 멀리하려는 태도로 국정을 이끈 것으로 각종 언론이 분석을 합니다. 일하는 대통령의 이미지에 기반하여 형성된 순수한 국민에 대한 봉사에 기초한 충정을 읽을 수가 있었지만, 지금 1년 반이 지나고 있는 시점에서 돌이켜 보면 대통령이 자신을 만들어 놓은 그 정치권에 등을 돌리면 대한민국과 같이 분단구조에 있는 나라들은 아무런 일을 할 수 없는 매우 독특한 정치구조, 정치현실을 전달하기 위해서입니다.

저 스스로도 누가 알아 달라고 한 일은 아니지만, 지난 김대중, 노무현 정권 좌파 정권 10년을 거치면서 나름으로 대한민국을 사랑하는 책임감으로 역사의 현장에서 겪은 모순을 분석하여 국민에게 알리면서 정통성을 지키고 건국정신을 함양하는 건전한 지식인으로서의 역할을 다 했다는 느낌이 듭니다.

대통령의 확고한 국가관을 믿고 예나 지금이나 2007년도의 절대적인 정권 교체카드로 대통령님을 설정하고 공식, 비공식으로 당 안팎에서 온몸으로 대통령을 지지하게 된 것입니다.

남들이 보면 그리 큰 역할이 아니었을지라도, 나름대로 2006년 초부터 한때 대통령을 과거 국회에서 보좌하고 오랜 시간 일했던 분과 일찍 대통령 주변에서 팀을 만들어서 국내 정치 및 외교안보 분야 등 전 방위로 정책제안을 하였고 그 후 당시 공식라인에 합류해서 2007년도의 정권 교체 길목에서 대통령 같은 애국자가 되어야 한다는 논리를 설파하는 대열에 가장 먼저 동참한 지식인으로서, 지금 이 순간, 때로는 안타까운 난제(難題)에 쌓인 시국을 보고 있기에 감히 충언을 드리고자 합니다.

한나라당 예비후보 시절에는 정책특별보좌역으로, 당의 공식후보가 된 이후는 중앙선대위 상근대변인으로 외교안보와 국내 정치 분야에서 100여 편에 달하는 당의 공식 논평을 필자의 이름으로 내면서 이명박 대선후보가 당선되는 당위성을 전방위로 국내외에 설파하고 애를 쓰며, 당시 이명박 정권의 탄생을 저지했던 수구적인 모습의 친북 좌파들과 가열차게 투쟁한 기억이 새롭습니다. 동지들과 승리를 거머쥐고 새로운 대한민국 건설이라는 꿈을 나눈 것입니다.

정치권이 항상 그런 것을 모른 것은 아니지만 술수와 편견(偏見)이 난무하는 그 풍토에서 순수한 애국 시민들의 열정과 노력들이 제대로 평가되지 못하는 현실을 보면서 대한민국의 미래를 걱정하지 않을 수 없습니다. 특정 계파에 속하지 않은 많은 훌륭한 인재들이 현 정권의 국정 운영에서 배제되는 모습이 너무나 안타깝습니다.

지금 돌이켜 보니, 절대적인 대한민국의 운명, 정권 교체! 그것이야말로 우리 애국지사들과 지식인들이 이루어야 하는 대한민국을 살리는 프로젝트였던 것입니다. 그러나 정권 교체 이후에 지난 1년 반을 지나면서 국민들의 정권에 대한 기대나 대통령에 대한 사랑이 많이 수그러들고 거품처럼 빠지는 모습을 보면서 혹시나 정권 연장에 실패하면 안 된다는 강박관념을 다시 갖게 되었습니다.

분단국가를 이끄는 대한민국의 대통령이라는 직책은 선진국의 대통령제와는 근본적으로 다른 막중한 책임감과 정치력을 요하는 조선 시대의 전제군주보다도 더 단호한 행동을 요구하는 중요한 자리입니다.

민주적인 다양성에 대한 포용과 인내는 원칙을 지키는 테두리 내에서 의미가 있는 것입니다. 역사와 국민들의 목소리를 겸허하게 듣고 이들을 정책으로 만들고 실천해서 국민과 역사의 사랑을 받는 것은 전적으로 대통령의 통합의 리더십과 그 주위 핵심 참모들의 객관적이고 투명한 열정으로 만들어지는 것입니다.

그래서 사람을 잘 쓰는 것은 매우 중요합니다. 바로 국민들이, 애국 세력들이 인정하는 정책을 펴고 그러한 능력 있는 사람들이 등용되어야 그 정권의 깊이와 넓이가 크게 깊어지고 확장되는 것입니다.

저는 대통령에 대한 근본적인 믿음과 사랑을 갖고 있지만, 앞으로도 지난 1년 반과 같은 인사정책이나 국정 운영이 큰 변화 없이 계속된다면, 차기 정권 교체에 대한 막연한 불안감을 갖게 될 것이고, 대통령과 함께 차기 정권 창출의 핵심적인 역할을 해야 하는 이 땅의 행동하는 양심 애국 세력들이 대통령의 국정 노선에서 이탈해서 보수진영이 분열되는 모습을 보일까 큰 우려가 되는 것입니다.

이미 많은 애국 세력들이 대통령에 대한 애정을 갖고 있지만, 더 확고하게 대한민국의 정통성을 세우는 인사정책을 펴야 합니다. 근본적인 국정 운영에서 이 나라를 욕되게 하는, 민주주의 다양성을 위장한 반국가 세력들에 대한 정확한 이해를 주문하고 있는 형국입니다.

나라의 안보가 걸린 중차대한 안보사안에서는 좌고우면(左顧右眄)의 시간보다는 원칙에 입각한 강력하고 신속한 대안모색과 일관된 국가관을 바탕으로 한, 이적 세력과는 타협이 없는 강하고 튼튼한 나라 세우기 운동이 필요한 것입니다.

한미 동맹의 큰 무게가 바로 여기에 있는 것입니다.

제 고향이 충청도라서 대전과 충청권을 가서 그 지역의 유지들이나 서민들과 대화를 해 보면 그 어느 역대 정권보다도 지금 이 정권에서 느끼는 차별의 느낌이 가장 크게 다가옵니다.

내년의 지방선거에서 충청도에서 밀리면 수도권 인구의 25%를 차지하는 수도권에서 자연스럽게 밀리고 후반기 국정 운영 동력을 만들어야 하는 지방선거에서 참패를 하게 됩니다.

그러면 후반기 국정 운영의 동력을 잃어버리고 곧바로 임기 후반의 총선, 대선에서 승리를 장담하기 어렵고 차기 정권 창출의 막중한 책무를 다하지 못하는 대한민국에게 불행한 정권이 될 수도 있습니다.

개인적으로 정치학자로서도 많은 연구를 해 왔지만, 지난 2000년도에 외교 공직을 떠나 한 대선후보의 국회보좌관으로 정치권에서 일을 하면서 이론과 실전을 많이 경험한 현실정치인의 감각으로 분석하면, 감히 말하건대, 지금 이러한 국정 운영의 기조에서 핵심 세력들이 차기 정권 창출에 대한 위기감을 느끼지 못한다면 위대한 선진부국, 통일된 대한민국을 건설하는 정권 연장의 희망이 크게 타격을 받을 것입니다.

필자와 같이 나름으로 이 땅의 행동하는 애국 세력들과 지난 수년간을 정권 교체를 위해서 최선을 다한 사람들은 지금도 지금 대통령께서 냉정하게 현실을 직시하고 부족한 점을 부지런히 챙겨서 정권의 안보를 다지는 시기를 실기하는 일이 없었으면 하는 바람에서, 대통령을 접견할 기회가 없는 사람으로, 이러한 공개서신을 드리는 것입니다.

대한민국과 같은 분단국가는 언뜻 보기엔 '경제제일주의'로 민심을 끌고 갈 수 있다는 생각을 할 수도 있지만, 깊이 나라의 문제를 살펴보면 이념과 지역에 기반한 정치가 모든 것을 좌우하는 매우 취약한 안보환경에서 대통령이 직접 쓸 만한 생각을 갖고 있는 준비된 함량이 있는 인재나 정치인들과 통합의 정치를 펼치지 못한다면, 모든 것이 다 물거품으로 바뀔 수 있는 독특한 정치 환경을 가진 나라이기 때문입니다.

정권을 출범할 시의 초심으로 돌아와서 다시 국민들의 눈높이로 시각을 낮추고 우리 사회의 주류인 70% 이상이 생각하는 대한민국 정통성을 다시 세우는 문제, 대북 정책에서의 원칙과 소신에 기초한 확고한 국가관의 정립 문제 등에 대한 더 냉정한 고찰이 필요한 시점이라 사료됩니다.

앞으로 남은 임기 동안 정치권과 더 거리를 좁히고 쓸 만한 인재들을 불러 모아 가슴을 열고 대화를 하면서 국정을 운영하면 지금 이탈하고 있는 민심을 다시 불러 모으고 차기 정권 창출의 교두보를 세우는 기초가 될 것입니다.

대통령을 만드는 일에 생색을 내지 않고 묵묵히 그리고 진심으로 열심히 한 세력들이 지금 대통령의 인사 문제나 국정 운영 문제에서 약간의 소외감을 느끼면서 이 대열에서 이탈을 해서는 다음 정권 창출이라는 큰 과제가 매우 힘든 난제가 될 것입니다.

이러한 필자의 충언이 결코 필자의 입장을 대변하는 목적이 아니라 지금 대통령 주변에서 한나라당을 중심으로 일고 있는 분열의 씨를 제거하기 위한 통합과 단합의 정치를 위한 큰 그림이 필요하다는 이야기를 하는 것입니다.

이러한 충정에서 필자는 몇 주 전에도 한 주간지의 칼럼을 통해서도 당이 분열하면 그 어떤 명분으로도 차기 정권 창출에 대한 명분을 국민과 역사가 빼앗을 것이라는 나름의 분석으로, 박근혜 전 대표의 신중한 처신을 주문한 기억도 새롭습니다. 대통령을 중심으로 단합해서 집권 세력이 성공하는 모델이 없이는 그 누구도 민심의 가혹한 심판을 피할 수가 없을 것이기 때문입니다.

지금 대통령 당선이라는 큰 목표를 중심으로 뭉쳤던 많은 보수진영의 세력들과 애국 세력들이 당의 분열상을 통해서 뿐만 아니라, 정치철학이라는 큰 공감대의 부족을 명분으로 차기 정권 창출의 교두보로부터 점점 이탈하는 모습들이 보입니다.

이제는 우리가 정권 창출시의 초심으로 돌아가서 대한민국의 가변적인 국운을 다시 걱정하고 혹시라도 있을 잘못된 인사들이 주도할 수 있는 사적인 파당의 이익을 버리고 공명정대하게 국가의 이익을 앞세우는 큰 정치로 새로운 국정 운영 기조를 열어야 할 시기입니다.

필자와 같이 나약한 지식인이 감히 이러한 글을 쓰는 절박한 이유가 무엇인지 잘 보시기 바랍니다. 역사적인 무게의 중심을 신중하고 깊게 통찰하여 앞으로 이 정권이 지금보다 더욱더 성공한 정권으로 대한민국의 한 역사를 당당하게 장식하는 모범정권이 되어서 정권 재창출의 큰 이정표를 세워야 합니다. 원래 바른 말은 쓰고 감언이설(甘言利說)은 달콤합니다.

지난 좌파 정권 10년 동안 국정이 표류하고 국가의 이익이 많이 침식당한 뼈아픈 교훈을 잊으면 안 됩니다. 지난 2004년도에 노무현 전 대통령을 탄핵하는 조순형 민주당의 대열에 앞장서서 잘못 가던 국정을 온몸으로 비판하고 항거하며 이를 명분으로 삼은 표어로 총선까지 출마하며 싸웠습니다. 과연 누가 행동하는 양심으로 지난 수년간 이 정권의 탄생을 위해서 일을 한 것인지 잘 살펴보아야 합니다.

항상 소신으로 기회주의를 배격하고 일정부분 큰 고통을 감내하면서 이 정권의 탄생을 위해서 묵묵히 일해 온 애국 세력들의 마음을 잘 읽으셔야 합니다.

큰 정치는 명분을 먹고 사는 생물입니다. 특정 정권의 확고하고 선명한 역사관, 국가관이 국민들에게 각인되지 않으면 그 정권은 반드시 특정 시점에 국정 추진 동력을 상실하게 되고, 권력자 주변에서 능력을 발휘하며 일할 수 있는 제대로 된 탕탕평평한 인재보다는 편 가르기와 파당으로 국가를 좀먹는 소인배들이 득실거리게 되고, 종국에는 그 나라의 운명도, 그리고 같은 정치철학을 나누는 동지들도 뼈아프고 쓰라린 추억만 갖게 될 수도 있는 것입니다.

지방선거가 1년이 남은 이 시점에 지금 다시 국정을 쇄신하고 큰 틀에서 많은 인재들을 편견 없이 등용하는 과정을 통해서 국정 운영의 큰 흐름을 주도하는 계기를 마련해야 할 것입니다.

대통령은 이렇게 막중한 책임과 의무를 항상 두 어깨에 지고 있는 것입니다. 그럼 이만 글을 줄입니다. 감사합니다.

2009. 6. 20

북미 대화, 북한에 끌려다녀선 안 된다

이번 주에 시내의 한 호텔의 외교 모임에서 현 정부의 외교안보 정책을 책임지고 있는 고위인사에게 최근 우리 정부의 전작권 전환 시기 재조정 외교의 성과가 어느 정도 있는지 물어보았다.

그분의 대답은 공식적으로 확고한 미국의 전환 시기 이행입장과는 달리 내부적으로 한반도의 전체적인 안보상황을 고려한 전체적인 안보상황 검토가 다시 이루어지면 다소 유연하고 신축적으로 이 전환 시기의 재조정 문제가 거론될 수 있을 것이다는 희망이 다소 담긴 유연한 입장을 들을 수가 있었다. 이는 매우 바람직스럽고 그동안에 대한민국의 애국 세력들이 단합하고 총궐기하여 지난 노무현 좌파 정권의 아주 고약한 외교적 실책을 만회하는 계기가 반드시 만들어져야 한다는 탄원과 호소가 워싱턴의 마음을 어느 정도 움직이고 있다는 판단을 스스로 해 본다.

문제는 이 사안(事案)에 대한 우리 정부의 더 확고한 자세와 아직도 남남갈등의 그 틈새를 비집고서 대한민국의 정통성을 부정하는 일부 지식인들이 현란한 논조의 자주논리를 내세우면서 2012년 전환 시기가 적당하다는 식의 불가피성을 이야기하는 아주 비상식적인 작태일 것이다.

미국 정부는 합리적으로 정책을 결정하고 결정된 정책도 다시 검토하는 결정구조를 갖고 있는 민주국가이기에 미국 내의 여론과 자국의 한반도에서의 안보 이익을 고려하여 최종 판단을 하겠지만, 미국 정부가 객관적으로 판단을 하여 보아도 이 문제는 앞으로 북핵 및 평화협정 체결 문제를 중심으로 더 배가될 북한의 모호한 말장난과 협상지연 전술로 파생될 한반도의 안보적 불안정성(seucrity unstability)을 관리할 수 있는 문제와 직결된 아주 중요한 문제다. 이 전작권 전환 문제를 미국의 안보 이익만 고려하여 빨리 끌고 갈 순 없을 것이다.

미국은 지금도 국무부를 중심으로 북한이 검증 가능하고 되돌릴 수 없는 비핵화 약속을 북한이 이행한다면 북한이 줄기차게 제기하고 있는 북미관계 정상화, 정전협정의 평화협정 대체 문제, 대폭적인 경제지원을 검토할 수 있을 것이란 메시지를 흘리고 있지만, 이것은 다분히 외교적인 수사(diplomatic rhetoric)가 포함된 미국의 입장이란 것을 우리가 알아야 할 것이다.

이미 미국은 북한이 절대로 핵을 포기하지 않을 것이란 확신을 갖고서 그러한 전제조건에서 북한의 핵을 어떻게 안정적으로 관리하고 제거하느냐는 단계의 시나리오를 검토하고 있을 것이란 추측이다. 아무리 미국의 입장이 궁색해지고 북핵 문제에 대한 미국 내의 여론이 대화와 타협만을 강조하는 쪽으로 가닥을 잡아간다 할지라고, 한반도의 상황에 정통한 전문가들은 미국이 여론만을 쫓는 정치를 해서는 안 된다는 정확한 상황인식을 하고 있을 것이다.

북한 정권의 북미 간의 정전협정을 둘러싸고 형성된 적대구조 해결에 대한 강한 집념은 근본적으로 미국의 막강한 군사력에 대한 냉정한 현실인식을 기반으로 하고 있는 한, 북한은 지금처럼 동아시아에서 지역 강국인 중국과 일본의 역할이 증대되고 상대적으로 지구적 헤게모니 국가인 미국의 역할이 축소되는 방향으로 재조정되는 형국에서 미국이 급격한 군사적 균형에 대한 변화를 초래하는 종전선언이나 평화협정 체결 문제를 앞서서 들고 나오지 않을 것이란 상식적인 판단을 갖고 있을 것이다.

북미(北美) 양자대화의 틀을 고집하는 북한이 집요하게 평화협정 체결 문제를 한반도의 비핵화, 그리고 북한의 핵 보유 인정과 이에 기반한 핵 군축협상으로 연결 지을 것이 예측되는 현 시점에서, 우리 정부는 한미 동맹의 고리를 강화하는 노선을 더 조이고 전작권 전환의 시기를 최대한 늦추는 외교적 지혜와 강력하게 결집된 국민들의 의지가 매우 필요한 시점인 것이다.

설사 북한 정권이 평화보장을 획득하는 노선으로 급선회하고 북핵을 정말로 폐기할 것이라는 메시지가 국제사회에 강하게 전달되어도, 그동안의 6자회담에서의 경험과 북한의 핵 관련 행태 등을 종합적으로 보아온 미국을 위시한 국제사회는 북한이 말하는 것을 신뢰성을 갖고 믿기 시작하는 과정만으로도 족히 수년은 더 걸릴 것이다.

이러한 상황에서 우리 정부는 한반도의 선(先) 비핵화 논리를 더 강조하면서 미국의 급속한 북미 대화 물고에 다소 제동을 거는 지혜도 요구되어진다고 보아야 할 것이다. 많은 학자들이 북한의 체제유지 문제를 근본 문제로 상정하고 그 바탕 위에서 핵 문제를 논리적으로 다룰 것을 주장하고는 있지만, 가장 중요한 북한의 체제 생존은 그들 스스로 파놓은 경직된 전체주의 체제 내에 있다는 것을 간과해선 안 된다. 북핵은 어쩌면 이러한 북한의 고민을 보여주는 하나의 단면(單面)인 것이다.

설사 우리 정부가 제외된 상태에서 미국이 정전협정을 평화협정으로 대체하는 비전을 제시하고 북한이 비핵화에 대한 분명한 입장을 밝힌다고 하더라도, 그 의도를 검증하고 마지막 핵 제거에까지 이르는 시간은 우리가 생각하는 것보다 십수 년의 시간이 더 길게 걸릴 수도 있는 문제라는 생각도 해 본다. 북한은 최대한 시간을 끌어서 더 많은 핵무기를 보유하려는 노력을 포기하지 않고 이렇게 과거의 구습처럼 실마리 전술로 험난한 종전협정 마무리 협상 의제로 끌고 갈 것이기 때문이다.

우리 사회 내의 남남갈등의 틈바구니에서 논리성만으로 자주가 우리 민족의 전유물인 것처럼 전작권 전환 문제를 가벼히 다루려는 잘못된 시도에 대한 명확한 국민들의 평가가 반드시 필요한 시점인 것이다.

2009. 11. 28

사람과 사람의 마음

사람과 사람의 마음은 아무것도 없는 마음
사람과 사람의 마음은 너무나도 큰 마음
사랑하고 사랑하라는 예수의 가르침
낮추고 낮추라는 부다의 가르침도
사람과 사람의 마음을 다 잡지 못하네
이 지구촌에는 미움도 있고 갈등고 있네
이 지구촌에는 사랑도 있고 화합도 있네
우리만 행복한 노래를 부르는가
열악한 주민들은 저주의 노래를 부르는가
같은 지구촌을 이고 버겁게 살아가는
사람과 사람의 어설프고 가변적인 마음들이
이리도 다르고 힘들고 어려울 줄이야
사람과 사람의 마음을 잘 연결하는 것이
이리도 어렵고 힘든 일이라서야
우리가 원하는 보편적인 사람 중심의
사람이 사람을 진정으로 사랑하는
우리들의 인간 세계가 올 수 있는가.

2009. 11. 26

판소리를 이해하는 드문 한국 사람들

요즈음에는 국제화·세계화(globalization)를 이야기하지 않는 사람은 지식인 그룹에 설 수 없는 지구촌화·국제화 시대의 홍수 속에서 젊은이들의 예술적인 취향도 서양음악 위주의 흐름으로 일맥상통함을 강조하여야 그들 스스로도 국제인이 된 느낌일 것이다.

필자가 대학의 강단에서 강의 중에 항상 강조하듯이, 진정한 세계화의 완성은 가장 한국적인 것에 대한 이해와 애정에 기반하지 않고서는 사상누각(砂上樓閣)이 되고, 종국에는 그 사람이 미국 사람인지, 세계인인지 구분하기도 힘이 들어져서 한 사람의 문화적 정체성은 다문화 조류 속에서 불분명한 존재감으로 상실될 확률이 매우 농후하다.

필자는 안암동의 고려대학교에서 국제 문제를 강의도 하고 있지만, 어제 저녁에는 중소기업청장을 모시고 경제 문제를 주제로 강의를 듣고, 토론을 하는 과정에서 그분이 한국 문화에 대한 많은 애정을 갖고 있는 모습을 보면서 다시 한 번 우리 문화의 소중함을 느끼게 되었다.

우리가 모차르트, 바그너의 오페라를 자랑삼아 이야기하고 그 예술적 천재성에 감동을 받아도, 아직은 한국의 판소리를 듣고 이 이상의 예술이 있을까 하는 느낌을 받았다는 고위 공직자를 만난 것은 필자가 어제가 처음이기에, 매우 인상 깊게 그가 한국의 판소리에 갖고 있는 애정을 기쁜 마음으로 나눌 수가 있었다.

돌이켜 보건대, 필자가 지난 외교부에 근무하던 시절에 그 당시 정부중앙청사에서 운영하던 동아리 중에서 '판소리연구회'가 있어서 시간이 허락하는 범위 내에서 일과 후에 광화문청사의 지하 동아리 룸에서 동호인들과 함께 우리 경기민요를 따라 불러도 보고, 판소리 춘향가의 일부와, 사철가 등을 모방하면서 우리 선조들의 향기가 짙은 예술성을 마음껏 체험한 기록이 새롭다.

그 당시에는 ASEM/APEC 다자협상 과정에 필자가 출장을 다니면서 많은 외국의 관료들을 접할 기회가 있었는데, 협상이 종료된 이후 여흥시간에 춘향가 중에서도 〈사랑가〉 한 대목 살짝만 맛을 보여주어도 매우 흥미롭게 저의 아주 소박하고 아마추어적인 판소리를 감상해 주던 많은 외국 사람들의 모습이 생생하게 다가온다. 아주 초보적인 초등생 수준의 실력이었지만 우리 것을 전달하는 필자의 모습에서 그들이 더 열광하고 관심을 보였다는 생각을 해 본다.

그 이후 혹시나 시간이 허락하면 주말에 서초동 예술의 전당 내 국악당에 가서 국악공연도 보면서, 혹은 판소리 명창들의 간헐적인 판소리를 감상하면서 진정으로 가슴에 와 닿은 우리 전통 예술의 향기를 느껴온 것이다.

이러한 느낌을 지난 몇 년간의 개인적인 정치적인 시련으로 거의 잊어버리고 살고 있는데, 어제 다시 그 향기를 공유하는 공직자를 만나서 모처럼 매우 즐거운 공감대를 느낄 수가 있었다.

사실 우리 사회의 상류층이라 자부하는 사람들의 문화적인 정향 (orientation)이 와인문화를 이야기하고 오페라의 진한 감동을 이야 기한다. 고상하면서 서구문화 지향적인 예술감상주의에 깊이 젖어 있는 것을 너무나 잘 알고 있는 필자이기에, 세계화 시대에 전 지구 적인 문화적 공감대를 위하여 서구화·산업화로 파생되는 지구촌 문화의 연결고리로, 서구의 지성·예술인들과 대화의 연결고리로 좋은 역할을 하고 있는 것은 인정하지만, 우리 것에 대한 이해와 경 험이 전무한 한국 사람이 서양 것을 먼저 이야기하는 것은 어찌 보 면 매우 우스꽝스런 모습일 것이다.

필자도 나름으로 오페라도 좋아하고 와인도 좋아하지만, 그리고 지금 한국의 지성들 중에서는 나름대로 서구문화의 토대인 영어도 매우 잘한다고 자부하고 있지만, 역시나 한국 사람으로서 그 진한 한국의 정서를 담고 있는 〈춘향가〉 한 대목 눈을 감고 듣는 순간에 내가 한국 사람으로서 느끼는 그 문화적 일체감은, 진한 감동으로 몸소 느끼는 전율 그 이상인 것이다. 그래서인지 필자가 운전하는 차량에는 항상 판소리 CD를 꽂아놓고 마음이 복잡할 때마도 한 번 씩 들으면서 그 느낌을 공유하려고 노력하고 있다.

다행히, 최근에 우리 막걸리의 우수함을 바탕으로 한국적인 것의 대명사로 막걸리가 많이 소비되고 있는 추세를 보면서 판소리 역시 그러한 흐름 속에서 우리 국민들의 진정한 사랑을 받는 날이 하루 빨리 왔으면 한다.

진정한 세계화를 이루는 세계적인 한국인은 우리 것을 진정으로 소화하고 감상할 수 있는 균형 잡힌 사고와 느낌의 체계를 갖춘 사람이 될 수가 있는 것이고, 그러한 인재가 국가와 민족을 위하여 균형 잡힌 시각에서 나라의 발전 문제를 더 합리적으로 고민할 것이라고 필자는 매우 굳게 믿고 있다.

2009. 11. 20

대한민국의 지성들은 더 정의로와야 한다

역사 발전의 문제를 고민하고 공공재(public good)를 만드는 일에서 일정 부분 거리를 두면서 두려움과 비겁함으로 보신을 하다가 떡이 만들어지면 먼저 먹겠다고 달려드는 비양심적인 지성들이 어느 한 사회에서 대다수로 판을 치게 되면 그 사회의 미래는 매우 암울하다고 할 것이다.

필자가 이러한 이야기를 하는 이유는 굳이 누구를 탓하고 나무라는 비판적인 목적의식보다는, 우리 앞에서 산적한 무게로 기다리는 대한민국의 난제들을 생각하면서 앞으로 우리 사회의 지성들이 더 많은 책임감으로 일구어야 하는 지성의 참된 무게를 일깨우기 위해서다.

어려움을 피해서 행동과는 별개로 겉치레로 말을 달콤하게 하고 좋은 문장을 이야기할 수 있지만, 한 사회의 지성인들이 불의에 항거하면서 잘못된 권력을 비판하는 살아 있는 양심이 되는 일을 쉽지가 않기 때문이다.

굳이, 누구를 책망하고 누구를 원망하는 과거지향적인 톤이 아니더라도, 향후에 정의롭고 공명정대한 대한민국의 역사를 일구는 문제에서 이제 우리 지성들은 더 헌신적이고 더 치열한 역사 창조의 자세로 앞으로 대한민국의 지성이 갖고 있는 신성한 책무를 다 해야 할 것이다.

불행인지, 다행인지 필자는 지난날 지금까지 정치학자, 외무관료와 정치인의 삶의 과정 속에서 느낀 경험이 다채롭다. 우리 사회의 부정의와 모순에 대한 반론과 시정을 요하는 당연한 지성인들의 의무를 소흘히 하고 보신 위주로 살아온 많은 지도층의 사람들이 그 시대가 종말을 고하고 새로운 시대가 열리면, 오히려 더 큰 빵을 달라고 요구하면서 과거 그 시대를 열기 위하여 분투하고 사익(私益)을 희생하면서 역사를 위해서 헌신해 온 순순한 사람들을 좋지 못한 방법으로 밀어내는 아주 비상식적이고 있어서는 안 되는 그릇된 우리 사회의 논공행상(論功行賞) 논쟁을 너무나도 많이 보아왔다.

잘못된 권력과 오도된 국정 노선에 대한 비판의 목소리를 보신의 이유로 소신 있게 내지도 못하다가, 타인들의 노력으로 그 모순이 제거된 이후에야 일제히 목소리를 내고 자신의 몫을 주장하는 매우 비겁하고 비양심적인 지성들이 우리 사회에 많이 있음도 보아왔다. 잘못된 언론들도 이 범주에서 자유롭진 못할 것이다.

앞으로도 바른 역사의 창달을 위해서는 우리 지성들이 이러한 평가의 문제에서 좀 더 양심적이고 공명정대한 잣대를 갖고 자신이 노력하지 않은 빵을 먹지 말아야 할 것이며, 설사 먹는다고 하더라도 편법과 불법으로 논공행상의 과정을 왜곡해선 안 될 것이다.

이러한 평가가 잘 되지 않고 소수의 척신들이 원칙과 신뢰성이 없이 좌지우지하는 인사 관행에서 자유롭지 못하고 통치자에게 바른말을 못하는 소인배들이 득실거리는 권력이 성공한 사례가 우리 역사에서는 없어왔고 앞으로도 있을 수가 없다. 우리 모두 반면교사로 삼고 막중한 국가 경영의 문제에서의 지분을 주장할 수가 있어야 할 것이다.

왜 어떠한 노력으로 정권 교체가 있어왔는지에 대한 냉정한 분석과 평가가 없이 정권 교체의 공을 소수의 척신들이 독점하고 아무도 잘못된 권력의 폐해와 문제점에 대해서 감히 이야기하지 않을 때에 역사의 수레바퀴는 탈선을 할 확률이 더 커진다. 부당한 권력의 탈선을 지적하면서 온몸으로 글을 쓰고 행동을 하는 희생으로 정권 교체의 진정한 밑거름이 된 지성들을 무시하는 행태는 민주주의의 가장 큰 공적 중의 하나이다.

온고지신(溫故知新)이라는 말이 있듯이 이러한 과거의 역사를 거울삼아서 더 자신들을 돌아보고 자책하는 자세가 성공한 권력을 만드는 토대가 될 것이다. 정권 성공의 가장 중심적인 문제는 공정한 논공행상과 바르고 함량이 있는 인재의 등용이라는 큰 과제 앞에서 특정 정권의 점수가 몇 점이나 되는지 겸허한 마음으로 스스로 되돌아볼 때에, 그리고 과감하게 잘못을 수정할 때에, 그나마 그 정권이 성공할 확률이 더 많아질 수 있다는 평범한 역사의 진리가 새삼더 다가온다.

권력과 명예가 있는 사람에게는 얼굴 도장 찍고 청탁을 하려 문전성시를 이루다가 그 사람의 권력과 명예가 다 하면 발길을 멈추는 세태가 동서고금의 역사 속에서 진실임을 알면서, 추사 김정희 선생님의 〈세한도〉가 갖고 있는 변치 않는 진성성에 기반한 사람에 대한 신뢰의 문제가 오늘처럼 크게 다가온 적도 없는 것이다.

2009. 11. 18

우리가 원하는 민주주의는 오지 않는가?

최근에 세종시 문제, 전작권 전환을 둘러싼 우리 사회 갈등의 양상을 보고 있으면 우리 사회가 지난 1945년 해방 이후 60년간 압축 성장을 성공적으로 실천한 대표적인 영미식 자본주의 모델, 서구식 민주주의 국가임에도 경제적 성과에 비해서 아직도 정치 영역은 구습과 기만성이 너무 많이 존재하고 있는 것 같아서 마음이 안타깝다. 권위주의적인 국가 개발 독재의 경험을 겪으면서 남겨진 부정적인 정치 유산과 선전선동문화의 존속으로 부정적인 플레이로 아직도 많은 정치적 이득을 얻고 있는 잔존하는 함량 미달의 정치 세력들을 보면서 대한민국 민주주의의 어두운 앞날을 걱정도 해 보는 것이다.

이번 가을 학기에는 대학의 강단에서 유독 대한민국의 민주주의 본질과 앞으로의 발전 과제를 국제정치 영역의 동학과 연결지어 치열하게 고민을 해 보지만, 도무지 모순의 분단 체제 그리고 북한의 고립주주의적인 호전주주의로 파생되는 작금의 한반도의 크나큰 정치안보적인 불안정성만 증파되고 국내정치 영역에서의 이러한 정치적 기만성에 대한 처방을 위한 정답이 보이지 않는다. 이러한 난해한 국가적 과제들을 헤치고 나가려면 선진국 이상의 통합적이고 효율적인 정치 동력(political dynamics)이 만들어져서 남남갈등으로 분열된 온 국민들의 고질적이고 망국적인 저질의 파당 이익에 기반한 분열상을 현명하게 극복하고, 정치적 통합으로 이끌어가는 성숙되고 포용적인 강력한 정치 리더십(strong political leadership)이 필요한데, 이 수준의 정치문화로는 무엇인가 그림이 잘 그려지지 않는 모습이라 씁쓸한 마음으로 이 늦가을을 보내고 있는 것이다.

우리가 비교적 성공한 민주주의 성장의 역사를 갖고 있지만 여기서 우리가 파당적인 정치 지역주의에 함몰되어 더 나아가지 못한다면 이 또한 산적한 우리 민족의 과제를 해결하는 희망에 큰 좌절로 다가오게 될 것이다.

아직도 전작권 문제를 자주의 문제로 보면서 북한의 대남 선전선동 노선과 동조하는 정신이 나간 세력들이 엄연히 대한민국의 한복판에서 활동을 하고 있을 뿐만 아니라(필자의 지난 전작권 관련 수차례의 칼럼들을 참고요), 결론이 너무나도 명확한 세종시 해법을 놓고도 후진적인 정치 관습에 젖어 있는 정치적인 파당들이 각자의 정치적 사익을 위해서 포장하고 국가 경영의 정도를 흐리는 아주 혼탁한 대한민국의 정치문화를 다시 보면서 아주 비관적인 생각도 드는 것이 사실이다. 이러한 정치인들의 논쟁을 놓고 수업시간에 학생들이 대한민국의 향후 민주주의 장래에 대한 전망을 질문받았을 때, 필자는 아주 부끄러운 마음으로 우리가 남미의 실패 사례와 서구 선진국의 성공 사례를 보는 기로에서 반반의 가능성과 좌절감 사이에서 벗어나고 있지 못한 현실을 스스로 보게 되는 것이다. 필자 스스로 현실정치의 영역에서 경험한 아주 쓰라린 부정적 이미지를 생각하면 국민들이 느끼는 답답함은 더 클 것이라 생각해 본다.

정치인들이 진정으로 역사에 기록되는 큰 사람으로 남기를 원한다면, 당장 처한 입지에서 과거로부터의 단절이 매우 어려운 정치구습에서 머물지 말고 다소 파당적인 접근과 스스로 잘 알고 부끄러운 사익을 버리고서라도 국가의 입장에서 이 문제를 논하는 용기와 정치인의 공명정대한 자질이 우선시 될 것이다. 필자는 이 문제가 지난 2002년 대선 시에 자살을 한 노무현 전 대통령이 너무나도 성급하게 정치적인 셈법으로 마련된 졸속 대선공약이라는 것을 잘 알기에, 더 이상 이 문제를 대선의 연장선상에서 다루지 말고 잘못된 약속이라면 과감하게 국민에게 사죄하고 국익에 도움이 되는 방향으로 이 논쟁을 하루빨리 종결짓는 것이 순리에 맞는 것이다. 그러한 급조된 정치공약으로 재미를 보았다는 한 전직 대통령 스스로의 독백도 있었듯이 이 문제에서 우리 국민들의 현명한 대처도 이 난국을 푸는 매우 큰 열쇠 중의 하나인 것이다. 수십만 표 차이로 당선된 사실을 상기하면 1,000만을 웃도는 현재의 충청인들이나 충청지역 출신 출향민들이 이 공약에 많은 영향을 받았다는 추측을 하는 것도 무리는 아닐 것이다.

소위 이 나라의 대통령을 하겠다는 사람들이나 또 권력의 핵심에 가까이 가겠다는 사람들이 충청 지역주의를 조장하고 국토의 균형발전이니 지방분권의 문제를 논리적이고 규범적 차원에서만 논하면서 세종시에서 긴급하게 정치적 지원논리를 구하는 태도도 합당하지가 않다. 오히려, 논리적이고 규범적인 접근의 형식적 타당성

(validity)과는 별개로 지금 정부부처 몇 개 옮기는 원안으로 수십 조가 소요되는 이 프로젝트가 성공할 확률이 매우 적으며 국민의 혈세를 낭비하는 길로 가는 위험성을 경고하고 잘못된 지역주의에 기대어 표를 얻으면서 자신의 정치 인생을 걸고 있는 정치 소인배들에 대한 정치인으로서의 함량과 자질을 검증하는 성숙된 국민들의 자세가 요구되는 시점이다.

이 문제는 결코 지역주의 발호로 흥분을 하거나 과대포장을 할 문제가 아니라, 대한민국의 고질적인 폐쇄적 지역주의 정치 병리현상이 잘못된 대중 선동주의에 기댄 정치 세력들에 의해서 아주 부정적으로 사용된 잘못된 정치공약임을 알리고 소신 있게 정부가 나서서 이 공약의 문제점과 오히려 보완적인 방향으로 추진되어 실속이 있는 대안으로 가면 일자리 창출의 전망과 지역경제 발전에 더 많은 유입 요인이 있음을 국민들에게 널리 홍보하고 정치 지역주의(political regionalism)를 과감하게 청산하는 계기로 만들어서 대한민국 민주주의 발전의 한 계기로 삼는 국민적 지혜를 모아야 할 시점인 것이다.

우리 모두 정신을 차리고 더 이상의 시행착오를 줄이고 고질적이고 망국적인 정치적 기만성에 종지부를 찍는 계기로 삼길 바란다. 진정으로 충청인들을 욕이 되게 하는 길은 커다란 국익을 사장하면서 충청인들을 달콤한 논리로만 속이는 잘못된 정치 노선임을 우리 모두가 용기 있게 이야기를 할 수 있어야 할 것이다.

2009. 11. 11

낙엽이 뒹구는 시간

온 거리가 노오란 은행잎으로
바람과 엉겨서 덮여 있네
사람을 보지 못한 그 떨어진 잎들이
바람결에 춤을 추지만
겨울이 오는 그 찬 기운을
어디까지 이길 수가 있을 것인지
저 뒹구는 낙엽이 오늘을 지나 내일도
그 자리에서 그렇게 뒹굴고 있을지
사람들이 밟지 말고
그냥 보기만 해도
세월이 지나면 그 뒹구는 낙엽은
시간이 흐름과 사라지는 법
사람의 인생도 이와 다르지 않으리
우리가 낙엽과 무엇이 다르리
시간이 지나고
다른 세대들이 오면
우리는 바로 이 자리에 없을 것인데
사람이 사람을 미워하고
사람이 사람을 해치는
이 지구의 문명이 언제까지
이리 사람과 사람을 갈라놓을지
저 낙엽처럼 다 없어질 사람들인 걸.

2009. 11. 10

한미연합사 해체 상징성의 큰 의미

지난 30일 제24차 한미 연례안보학술회의(한미 우호협회, 미해리티지재단, 동아일보 주최, 지난 30일자 동아일보 12면 참조)에 오찬 연설 차 참석한 월터 샤프 주한유엔군사령관은 2012년으로 예정되어 있는 한미연합사 해체의 핵심적인 사안인 전시작전권 한국군 이양에 대한 확고한 의지를 다시 천명하면서 여러 가지 보완적인 조치들을 로드맵에 맞추어서 열거하였지만, 아직도 연합사 해체로 파생될 심리적 안보 공백 문제로 불거질 한반도의 실질적 안보 공백에 대한 우려가 매우 큰 것도 사실인 것이다.

이러한 한국민들의 우려를 의식해서인지 미국은 전작권 전환 이후에서도 한국 주둔 지상군 하와이 이전 계획을 수정하여 미 한국사령부를 내년 6월에 창설한다는 방침을 알리고 있다. 현재 행정·지원 기능을 맡는 8군사령부는 임무가 개편되어 지상작전을 수행하는 전투사령부로 강화될 것이라고 전해지고 있다.

이러한 발표가 공식적으로 있기 전, 지난 30일의 한미 안보학술회의에서 행한 주한미군사령관의 연설을 경청하던 필자는 월터 샤프 사령관의 전작권 전환 구상에 대한 연설 직후 현장에서 몇 가지 질문을 하였다.

필자는 "북한의 핵 상황이 전혀 진전이 되지 않고 더 악화되고 있다는 추정이 가능한 이 시점에 지난 전작권을 위한 준비과정 점검 절차로써의 합의에 기초한 한반도의 객관적인 안보상황을 다시 검토하여 최소한 전환 시기에 대한 조정이 필요하며, 만에 하나 전작권 전환이 예정된 시기에 이루어진다고 하여도 그 이후에는 또 다른 전술로, 북한은 지금처럼 집요하게 북미 대화의 물고를 트는 전술로 지금의 정전협정을 평화협정으로 대체하려는 공세가 강화될 것인데 이에 대한 미국의 대책이 무엇인가."라는 질문을 하였다.

이에 대하여 샤프 사령관은 "전작권의 전환 이후에도 대량 살상 무기 파괴와 강습상륙 등 매우 치명적인 군사작전 지휘권은 미군이 주도하기로 이미 한미 간에 합의된 사항"이라는 의외의 새로운 정보를 공식적으로 흘리면서 예정대로 전환이 이루어질 것이라는 강력한 의지를 우리 측에 학술회의를 통해서 전달한 것이다.

필자는 군사기술 측면이나 군사작전 역량 측면의 전문적인 세세한 평가는 전문가들이 담당할 영역이지만, 이로 인한 심리적 불안감이 확산될 것이라는 상식적인 시나리오가 이러한 보완적인 조치만으로 다 차단이 될지에 대한 미군의 철저한 검토를 부탁하였고, 사령관을 수생하고 있던 공보실장(Jane E. Crichton)을 비롯한 유엔군사령관 수행참모들에게도 북한의 불안정한 정정을 다시 철저하게 분석하고 다시 한 번 우리 정부와 그 전환 시기에 대한 심도 있는 협의가 필요하다는 학자로서의 우려를 강하게 전달하였다. 바위에 계란을 던지는 심정이었지만 그 우려는 충분하게 전달이 되었을 것이다.

마침 필자도 그 국제학술대회에서 '북핵을 중심으로한 남북 한 관계전망(Prospect of Inter-Korean Relations with much focus on North Korea's Nuclear Brinkmanship)'을 주제로 한 영문 발제를 통해서 본질적으로 변하지 않고 있는 북한의 체제 모순에 대한 주변국의 단합되고 일관된 협력을 주문하고 북핵을 중심으로 한 중국의 애매모호한 대북한 정책의 문제점을 지적한 터여서, 미국 측의 관련인사들에게 매우 호소력이 있는 질문이 되었을 것으로 판단된다.

한국 사회의 애국적인 인사들의 동 문제에 대한 열정적이고 끊임없는 문제 제기와 미국 정부에 대한 총체적인 로비의 결과로써 주한미군의 보고서 주요 포인트가 구체적으로 "미 한국군사령부 내년 6월 창설, 미8군 주축 전방 전투지휘소 창설, 주한미군 2만 8,500명선 계속 유지, 주한미군과 가족 등 현재 3만 9,951명이 2020년에는 7만 1,250명으로 증가될 것이라는 전망과 더불어서 평택 미군기지 내에 5개 초중고 4,675명 수용 계획"을 명시하고 있는 것은 전작권 전환에 따른 크나큰 보완장치가 될 것이지만, 연합사 해체로 잉태될 한미 동맹의 핵심고리(key linkage) 부재라는 부정적인 인식의 파급을 차단하지 못할 것이라는 것이 필자의 판단이다.

필자는 항상 지난 6년여의 애국 활동, 글쓰기를 통한 시민운동 기간 동안에 한반도 문제를 실질적으로 연구하면서 북한의 핵 무장으로 한반도에서 전쟁 가능성이 항상 상존하고 있는 느낌을 강하게 받으면서 주한미군의 연결고리가 갖고 있는 안보적 의미가 너무나 크다는 것을 더욱더 현실적으로 배가된 감정으로 느끼고 있다.

이러한 상황에서 북한의 예측 가능한 위협 현실에 대한 우리 국민들의 안보인식이 안이하고, 더 나아가 우리 군의 절대적인 유비무환 정신이 군사적인 현실 조치로 나타나지 않는다면, 한반도의 불안정성은 앞으로도 계속적으로 증가되어 우리의 생존권마저도 위협받을 수 있는 극단적인 상황도 가정하여야 하기 때문에, 이 문제에 대한 우리 정부와 국민들의 각별한 현실인식을 지금 이 순간 더 각별하게 주문하고 싶은 것이다.

역사는 항상 변하고 때로는 우리가 원치 않는 방향으로도 흐를 수가 있기 때문이다.

2009. 11. 6

다시 인왕산을 품을 때에

어제는 베를린 장벽이 무너진 날
저 유럽의 역사는 얼었던 마음을 열었지만
오늘 한반도 분단이 아직도 움직이지 않는 날
서울의 인왕산은 어둔 울음을 머금고 있네
우리가 다시 저 인왕산을 기쁨으로 품을 날엔
저 인왕산이 닫힌 마음을 활짝 열고
사람들과 부둥켜안고 울어야 할 터인데
다시 삭풍(朔風)이 몰아치는 이 한양 골에는
온기(溫氣)는 간데없고 아직도 냉기(冷氣)만 널려 있네
어서 그날이 와야지
우리 모두가 인왕산을 노래하는
남북이 한 데서 인왕산을 포옹하는
위대한 감격의 그날이 어서 와야지.

2009. 11. 4

꽃이 놓인 자리

세월이 그렇게 흘렀단 말이지
나뭇잎은 수백 번 떨어지고
나무들은 수백 번 옷을 갈아입었지요
사람은 세월을 수십 번 갈아입다가
저렇게 땅속으로 들어가면
때가 되고 마음이 가는 곳에서
슬퍼하는 사람들이 저곳에
꽃을 놓고 비문을 새기지요
저 금강은 저리 굽이쳐 흐르고
저 물길이 저리 변해도
사람이 사람을 그리는
바로 그 마음이야
변하지 않고 물속에 흐르지요
수십 년이 아니라
아니 수백 년 흐르지요.

2009. 11. 2

까치밥

누구에게나 들리는 소리가 아니지요
아마도 그 새는 30년을 살지요
지금 저리 세차게 우는 새
단지 나의 고향집 귀퉁이 소린가요
그 소리는 다시 중년이 된 나에게
다시 연을 들고 저 성날 재로 오라고
그리도 부르고 또 부르네요
이 마을에 동심이 적어지고 있지만
그 빨간 까치밥은 찬 공기를 맞아
더욱더 찬 기운을 빨간색에 담아내고
동네 집 빨간 기와지붕을 거울삼아서
11월 첫째 날 삭풍을 견디고 있지요
이제는 까치밥이 너무도 많아서
새들도 배부르고 민심도 배부르지요
이렇게 빨갛고 빨간 가을 풍경이네요.

2009. 11. 1

아직은 아름다운 가을

그 누구도 나와 함께 노래를 부르지 않을까
내심 두려워 다시 거니는 가을 숲
이제는 주위에 서 있는 자연의 숲보다는
사람의 숲이 되어 빌딩의 숲이 되어
이 가을에 다시 내게로 다가오네
모두들 가을이 다 갔다고 마음속으로
애써서 자신을 저 멀리 놓고 보나
아직은 아름다운 가을이
우리 언저리에 이렇게 묻어나고 있네
자연의 향기로운 숲만큼이나
사람의 숲도 더 사랑해야 하는데
아직은 아름다운 가을처럼
아직은 아름다운 사람을
더 열심히 노래해야 하는데.

2009. 10. 30

중미 간의 비밀 대화를 경계한다
―한반도가 다 같이 사는 길을 고민해야

앞으로 북한의 계속되는 핵 위협 책략으로 북한 정권에 대한 국제사회의 신뢰가 땅에 떨어지고 우리를 비롯한 주변의 관련국들이 새로운 돌파구를 모색할 확률이 점점 더 높아질 것이다. 남북한의 진정성에 기반한 대화의 문이 단절되고 설사 일시적으로 이루어진다고 하여도 형식적인 만남으로 귀결되는 이러한 현실이 타파되지 않는다면 우리 대한민국이 앞으로 주변의 4강과 북한을 상대로 한 외교정책을 적절히 잘 구사하는 문제는 국가의 생존전략 이상으로 중요한 정책영역이 될 것이다. 더군다나 북경의 애매모호한 한반도를 향한 외교 노선을 생각하면 더욱더 우리가 관심을 기울여야 하는 것이다.

특히나 최근에 미국과 중국이 북한에서의 불안정한 정정을 고려하여 새로운 대화를 모색하는 할 수 있는 분위기는 우리가 마땅히 경계하고 살펴보아야 할 주요 현안이다. 우리가 강대국들만의 보이지 않는 합의로 우리의 국익이 또다시 희생되는 역사적 아픔을 되풀이할 수는 없는 노릇이다. 우리의 주도적인 외교력을 더 키우고 주변의 가능한 우호적인 힘을 활용하여 우리의 의견을 더 적극적으로 한반도 문제 논의에 반영하는 우리 정부의 배가된 노력이 더 필요한 시점이다.

'한반도의 비핵화는 물론이고 일본과 대한민국의 핵 무장을 해서는 안 된다' 는 동북아 전략을 같이 공유하고 있는 미국과 중국의 속내를 우리가 잘 읽고서 북한 땅에서 비상사태가 발생 시에 단기적인 강대국의 국익 저울질에 의한 잠정 합의로 우리의 목소리가 반영되지 않는 불행한 역사가 있어서는 안 될 것이다. 미국의 단기적인 북핵 제거라는 정책적 목표가 북한지역에서의 철저한 핵 제거를 전제로 한 일시적인 친중 정권의 존립이란 구도로 연결되는 외교적 거래를 우리가 마땅히 경계하고 그러한 일이 없도록 지금부터라도 한미 동맹을 더 강화하고 더 긴밀히 워싱턴과 소통하는 전략을 정부가 마련해야 할 것이다.

가장 좋은 것은 북한이 지금이라도 국제사회와 우리 정부의 합리적인 목소리에 귀를 기울이고 체제의 본질이 변하는 것인데, 주변 상황으로 판단컨대 가능성이 적다는 현실인식이 더 강하게 다가온다. 향후 남북관계의 진정한 발전이 북핵의 폐기 없이는 불가능하다는 현실인식을 깔고 북핵을 중심으로 향후 남북관계를 전망해 보는 필자의 영어발표문 요약문을 영문으로 하단에 기재한다.

하단의 요약문은 10월 29~30일 양일간 서울의 캐피탈호텔에서 개최된 제24차 2009년도 한미합동국제안보연례회의(Comprehensive Korea-US Security Cooperation under the New Governments in the Global Financial Crisis)에서 필자가 발표할 20page에 달하는 영어 발표문(Prospect of Inter-Korean Relations with much Focus on

North Korea' s Nuclear Brinkmanship)의 영문 요약본입니다.

Absracrt: How will North Korea(NK) react to the continuous combined pressures of international society, specifically United Nations(UN) Security Council to give up its nuclear weapons? Will the South-North Korea relations be worsened or a little improved under the brinkmanship of North Korea' s nuclear tactics? Can North Korea survive this crucial era of economic globalization and economic interdependence among nations depending upon NK' s such a hard-line tactics as its system survival strategy? Based upon these worries, assumptive elaborations and slim expectations, this short paper will focus upon the system survival dilemmas North Korea faces today as a huddle to inter-Korean ties, and on President Lee' s bold "grand bargain approach" to solve the North Korea' s nuclear issues as well as on the concrete measures to realize reconciliation between the two entities on the Korean Peninsula. NK' s nuclear brinkmanship being the independent variable, promotion of inter-Korean ties as a dependent variable shall be dependent upon the prospect of this dangerous brinkmanship.

In a larger context, the lack of major trust among the four major countries unlike the case of European functional regionalism- the People' s Republic of China(PRC), Japan, South Korea(SK), North Korea(NK) in Northeast Asian region, sometimes, creates more favorable ground for the NK's reckless nuclear brinkmanship, and further, deterring the sound development of inter-Korean relations. China factor is a strong determinant for improving inter-Korean ties in a affirmative way in the future. In Northeast Asia, nationalism still continues to take precedence in regional politics than relevant regimes, centering around the Korean Peninsula.

Pyongyang probably well understands the importance of its denuclearization willing and also in its process, SK's recently expanded role in the process along with the absolute role of the US. If NK continues to reduce the role of SK in the denuclearization process. It will be least helpful for NK to improve relations with the US, especially if pushed only through the NK-US bilateral framework. Pyongyang is required to be wise enough to put more weight to the trilateral framework of SK, the US and NK.

Our modest expectation and wish for NK to accept President Lee's "grand bargain approach" actually, if realized, could be a very positive start for initiating peaceful co-existence process on the Korean Peninsula. However, quite contrary to our modest wish, NK vowed on 1 October 2009, not to be bound by the latest United Nations resolution on non-proliferation and disarmament, saying it will never give up its nuclear weapons under any circumstance. This response is, as mentioned earlier, an indirect answer to President Lee's bold suggestion. NK is not following international society's united call for denuclearization, which is a big tragedy.

Even the situation remains unchanged in nature. SK should make more active efforts to change this deadlocked situation equipped with a firm belief that should more actively lead the future talks of peace-mechanism building on the Korean Peninsula apart from the immediate nuclear issue.

Key words: nuclear brinkmanship, Grand Bargain Approach, nuclear tactic, legitimation crisis, survival tactic, Denuclearization and Opening 3000, High Politics, Low Politics, co-existence, legitimacy crisis, the logic of normal state, selective engagement, mutual reciprocity

2009. 10. 28

형식적인 남북정상회담보다 대미 설득에 주력해야
—탁상공론으로 우리 안보의 토대가 흔들려선 안 된다

최근에 대북 접촉 여부를 놓고 남남갈등이 재현되는 시국을 보니 우리 정부가 더 사려가 깊은 자세로 이 문제를 처리해야 한다는 생각을 해 본다. 미국 정부도 원칙이 서지 않는 대북 접근을 해서는 안 되는 이유가 더 커지고 있다.

북한 정권은 지금 이순간 통미대남(通美封南) 전략으로 지금도 북미 대화의 축을 위해서 잠시 남북대화의 축을 순간적으로 활용하려는 아주 못된 의도를 버리지 못하고 단지 형식적인 남북 간의 정상 접촉을 통해서 지금 겪고 있는 식량난을 해결하는 실마리도 찾고 김정일 스스로 내부 통치용으로 더 활용하려는 전략전술적인 차원 이상이 아니라는 것을 우리가 모른단 말인가?

오히려 지금은 미국이 너무 성급하게 북한과 접촉하여 아프칸의 큰 부담을 국내적으로 소화하는 시간 동안 일부러 대화 노선으로 한반도에서만이라도 잠시 북한을 묶어두려는 생각을 하고 있지만, 우리 정부가 이러한 다급한 미국의 현실 앞에서, 그리고 북핵을 놓고 진행 중인 중국의 이중적인 처신 앞에서 중심을 잃고서 북한의 신뢰성이 상실된 말잔치뿐인 대화 전술에 말려선 안 될 것이다. 한반도에 관한한 중국은 남북 간의 등거리 외교로 실리만을 추구하면서 북한 정권이 절대로 망해선 안 된다는 조급증을 보이고 있는 그들을 우리가 더 알아야 하는 것이다.

이제는 대한민국의 안보를 걱정하고 대한민국의 번영을 염원하는 사람이라면 북한이 절대로 변할 수 없는 저 체제를 놓고 과거 친북인사들이었던 김대중, 노무현 전 대통령이 저지른 역사적 과오를 "다시는 되풀이해서는 안 된다"는 생각을 다 하고 있을 것이다. 균형 잡힌 민족주의자와 일방적인 친북 노선은 매우 차이가 크다.

정권이 바뀔 때마다 분명 대북 카드는 매우 훌륭한 정치권의 이미지를 위한 중요한 카드인 것 만큼은 확실하지만, 지금이야말로 우리 정부가 더 정신을 바짝 차리고 잘못 갈 수 있는 한반도 사안에 대한 견제장치를 우리 스스로 무장하고 미국이 잘못된 셈법으로 한반도 문제를 저울질하지 말도록 설득하고, 기관차처럼 달리고 있는 미북 접촉의 속도를 줄이도록 유도하는 것이 우리 외교의 가장 큰 과제라는 생각을 해 본다.

그렇지 않아도 지금 한반도 주변에선 국제적인 인맥을 갖고 있는 지식인들 사이에서 심상치 않게 향후 한반도 현안관련 '미중 간의 빅딜설'이 흘러나오면서 필자와 같은 사람의 마음을 어지럽히고 있다. 우리 정부가 그 어느 때보다도 중심을 잘 잡아야 한다는 목소리들이 다양하게 나오고 있는 마당에 남북정상회담 자체만을 위한 대북 접촉을 절대로 서둘러서는 안 되는 것이다. 하더라도 내실을 다지고 수순을 제대로 밟아서 북한의 변화를 전제로 한 회담이 되어야 할 것이다.

북한 정권이 절대로 '북핵 폐기' 라는 카드를 의제로 삼을 수도 없고—설사 삼는다고 하더라도—거짓과 면피용으로 시간벌기로 우리 정부를 우롱할 것이 명약관화한 만큼 우리 정부는 오히려 인내심을 갖고 북한이 진정으로 변하는 시점을 기다리면서 만일의 사태를 위한 유비무환의 정신을 가다듬는 것이 더 중요한 국가적 과제인 것이다.

남북정상회담에 소진될 국가의 에너지는 오히려 현실적인 접근법으로 2012년에 예정되어 있는 '전작권 전환' 일정을 재검토하는 일에 전력투구하고 신중하게 미국 정부를 설득하는 총력전을 전개하는 지혜 있는 대한민국의 외교 노선이 필요한 것이다.

이미 중국 공산당이나 미국의 민주당 정권은 북한의 김정일 정권이 변할 수 없다는 확신을 갖고 있을 것이다. 체제적 모순을 온몸으로 안고 정권을 유지하려는 시대 역류의 길을 걷고 있다. 이러한 장치로 무모한 제3세대 부자 세습의 그림을 그린다는 그 순간부터 평양에서의 보이지 않는 정권 교체가 현실로 다가올 수 있다는 분석으로 보이지 않는 밑그림을 그리고 있다는 소문이 국제사회에서 파다하게 떠돌고 있다.

미국의 입장에선 무리하게 한반도에서의 무력충돌 노선이나 북한 정권이 핵을 보유하여 대한민국이나 일본에게 핵 무장의 명분을 주는 것보다는 김정일 부자 체제의 변혁이 불가능하여 다른 형태로 정권이 교체될 시에 북경으로 하여금 친중 정권이 서는 것을 일정 부분 용인하고 대신에 북경은 '리비아식 핵 제거 빅딜' 로 북한의 개혁개방을 위한 대대적인 핵 프로그램 제거를 담보로 국제사회의 대대적인 경제지원을 얻어내는 실용주의 전략을 구사하는 친중 정권의 수립이 더 현실적인 대안이 될 수가 있을 것이다.

지금 이러한 시점에서 우리가 정말로 신중하고 현실적이어야 하는 이유가 바로 여기에 있는 것이다.

지금 북한 내부의 다급한 사정으로 적극적인 대남 대화 노선을 가동하고 있는 북한 정권의 속내를 누구보다도 잘 알고 있는 우리 정부가 조급하게 확실한 북한 정권의 변화가 수반되지 않는 형식적인 대북 접촉에 힘을 낭비하는 것은 과거 김대중, 노무현 정권의 전략적 의도적 실패를 인정하고 다시 그 실패를 답습하는 확률이 더 크기 때문이다.

이 문제를 놓고 국내에서는 국론의 분열이 심각하다. 마치 북한이 진정성(sincerity)을 갖고 이 문제를 우리 정부와 신뢰성(trust)을 기반으로 대화를 할 것이라는 가정이나 기대는 금물이다. 절대로 그럴 일은 없기 때문이다. 북한 정권이 그동안에 약속한 최소한의 형식도 무시하는 상황에서 북핵 문제 논의마저 부정하는 그들과 다시 정상회담 형식으로 마주 앉는 것은 우리가 얻을 것이 없어 보인다.

지난 두 정권이 합의해 놓은 '6.15공동선언과 10.4선언'으로 화해와 협력의 대원칙으로 대대적인 대북 경제지원만을 주장할 것이다. 전제조건인 북핵 제거에 대한 기본적인 신뢰성도 보여주고 있지 못한 북한 정권은 이번에도 국내적으로 가중되고 있는 경제난을 해소하기 위한 전폭적인 대북 지원을 위한 교언영색(巧言令色)의 말잔치를 멈추지 않을 것이다.

그들이 정말로 변하고 최소한 중국식 개혁개방 모델을 전제로 한 한반도 비핵화로 가는 과감한 변화를 한다는 증거와 신뢰성이 없는 남북 간의 접촉은 그 자체가 국론 분열의 단초가 되고 대북 문제에 다소 둔감한 국민들로 하여금 잘못된 판단을 하게 하는 단초가 될 수도 있을 것이다.

지금 대한민국 정부의 총체적인 외교력은 잘못된 자주 장사로 국가의 안보 이익을 너무나도 많이 망쳐놓은 과거 노무현 정권이 저지른 '전작권 전환'에 대한 합의의 부당성과 시기의 부적절성을 최대한 설득하여 한미연합사가 해체되는 불행을 막는 일에 최선을 다해야 한다. 바로 이러한 중대한 국가적 과업이 형식적인 북한과의 만남보다 훨씬 더 중요한 사안 것이다. 최소한 그 시기만이라도 늦추는 것이 대한민국의 최대 현안인 것이다.

논리적으로만 남북정상회담이 북핵 해결을 위해서 필요하다는 논리는 참으로 이상적인 접근법이다. 제대로 된 남북정상 간의 만남을 위한 전제조건에 대한 충분한 탐색과 준비의 기간을 더 중요시해야 하는 것이다. 지금 한반도의 모순과 아픔을 제대로 읽지 못한 잘못된 접근법인 것이다.

우리가 바로 일 세기 전에 미일 간에 '가쓰라태프트' 밀약으로 한반도가 일본 제국주의의 손으로 넘어간 역사적 불행을 절대로 잊어서는 안 된다. 국제정치 무대에서 자국의 이익 이상의 절대적인 판단기준은 없기 때문이다. 오히려 지금은 향후 수십 년은 더 지속될 미국의 헤게모니를 염두해 둔 전폭적인 한미 동맹의 강화와 확대라는 현실적인 접근법이 우리의 국익을 가장 잘 보장하는 길일 것이다. 앞으로 급팽하는 중국 공산당의 불확실성을 견제하고 아직도 한반도의 통일을 원치 않는 일본을 제어할 수 있는 카드는 이 카드밖에 없기 때문이다.

더군다나 북한 정권의 속임수, 폐쇄성에 기반한 계속적인 한반도

적화통일 음모가 더욱더 기승을 부릴 수 있는 향후 한반도의 불안정한 정정을 생각해 보니 더욱더 그러한 것이다. 지금은 실익이 부재한 상징성만 있는 대북 접촉으로 인한 국론 분열을 막고 우리의 안이한 안보 상황을 다시 다지는 계기로 '전작권 전환'의 시기를 최대한 늦추는 외교에 온 국가의 힘을 모아야 할 때인 것이다.

그런 의미에서 대통령을 보좌하는 외교안보라인의 측근들이 국제정치의 큰 그림을 더 현실적으로 진단하고 현 대북 노선의 핵심 과제를 제대로 이해할 수 있는 대북 정책을 다시 만들어 놓고 국민을 설득해 가는 것이 중요하다는 판단이 든다. 왜냐하면 바로 이 문제는 차기 정권의 재창출 문제와도 매우 밀접하게 관련이 있기 때문이다. 우리 모두 힘을 모아야 한다.

2009. 10. 24

편견과 억압으로부터 자유로운 진정한 민주주의
―독일의 동방정책의 지속성과 우리 햇볕정책의 분절성

빌리 브란트(Willy Brandt) 독일의 수상이 동방정책(Eastpolitik)의 깃발을 들은 이후에 독일에는 사민당(SPD)에서 기민당(CDU)―기사당(CSU)의 연정으로 정권이 넘어가서도 동방정책 그 뜻과 취지는 그대로 받들어져서 굴절성이 없이 계속적으로 추진되었다. 결국에는 헬미트 콜(Elmut Kohl) 수상이 이러한 역사성이 있는 동방정책의 연장선상에서 독일 통일의 화룡점정(畵龍點睛)을 이룸으로써 독일 국민의 단결성과 위대함을 세계 무대에 과시하게 된 것이다.

정권 교체와 상관이 없이 독일 국민들의 통일에 대한 열망을 담은 이 동방정책은 사민당의 정책으로 온 국민의 동의하에 시동을 걸 시점부터 온 국민의 합의를 바탕으로 여야가 국가 예산사용의 투명성을 확보하고 공정성과 객관성(impartiality and objectivity)을 담보로 추진한 역사적인 과업이었기에 독일 역사에서 커다란 성취의 역사로 다가올 수 있었던 것이다.

반면에, 대한민국의 포용정책(engagement policy or sunshine policy)은 국민적 동의를 구하는 합법적인 국회 심의절차도 생략하고 한 통치권자의 무리한 욕심이 비밀자금 지원 등으로 국법을 어기면서 과속을 하게 되었고 국법의 테두리를 벗어나는 무리한 추진으로 우리의 안보상황에 부정적인 영향이 불거지는 시점에 정권이 바뀌고 국민들이 이러한 실상을 알게 되었을 시에는, 이미 국민적 합의점 상실에 대한 비난이 정권 교체의 무게를 실어주었고 과거의 무리한 정책 추진을 수정한다는 전제조건으로 정책 추진 수정을 기정사실화하지 않을 수가 없었던 것이다. 물론, 햇볕정책 전부를 부정할 수는 없는 노릇이지만 긍정적인 대한민국 알리기라는 정보의 흐름과는 별도로 정치적으로 무리하게 추진된 그 배경과 투명성에 대한 검증을 바탕으로 상호주의 강화에 기반한 진정한 햇볕정책을 추진해야 할 것이다.

독일 통일의 열기를 달구었고 독일 국민들의 희망을 느끼는 독일의 바이마르 주에 위치한 독일 기독사회당(CSU)의 민주 시민교육을 담당하는 반츠(Kloster Banz)에 위치한 연수원에서 독일 통일의 역사적 교훈을 되새기는 작업이야말로 우리 국민에게 시사하는 바가 매우 많다는 생각을 해 본다.

독일의 통일과정을 국가제도 및 민족문화 분단의 '비정상성에서 정상성'으로 가는 주권 회복 개념과 국가 기능 일반화 · 정상화의 개념으로 독일의 학자들이 정의하는 것은 지금 유럽의 통합과정을 정치 통합(political union)으로 설정하고 강력하게 추진하고 있는 유럽 통합의 엔진으로써의 독일이 갖고 있는 매우 자연스럽고, 일면 약간은 긍정적인 인류사회 통합을 전제로 한 역사적 책임감도 수반한 접근법일 것이다.

국제 무대에서 국제 평화와 안보의 파수꾼 역할을 자임하는 선진국들의 마음속에 자리한 약소국에 대한 배려가 어디까지인지는 잘 모르지만, 아직도 자유주의적인 개혁 노선(liberal reformism)에 기반한 세계 자본주의 체제의 확대를 통한 국익 확대 노력을 기울이는 세계 선진국의 국가 운영 기조를 보면서 우리 대한민국이 가야 하는 미래의 국가 운영 및 외교 전략도 우선순위에서 분단의 안정적인 극복을 위한 대북문제의 해결에서부터 지평을 늘리는 노력을 게을리하면 안 될 것이란 생각을 해 보게 된다.

국내 정치 영역에서도 이번에 새롭게 강력한 대통령제의 단점을 보완하려는 취지에서 헌법 개정 논의를 통해서 개정 헌법에 담아야 할 새로운 시대정신에서 세계화(Globalization)의 물결을 적극적으로 수용하고 개방적인 지역주의(open regionalism)의 물고를 터야 하는 동아시아의 한 구성원으로 고민해야 할 인자(因子)들이 너무나 많이 우리 주위에 널려 있는 것이다. 진실로 역사와 민족을 위해서 일하는 지도자를 기다리는 우리는 이번 정권에서 훌륭하게 이러한 역사적 과업을 잘 수행해 주기를 바란다.

세계 자본주의 체제의 결함과 허점이 개도국 및 빈국들의 상대적인 박탈감과 외소화로 더 큰 간격을 벌리고 있는 이 시점에 민주화 이행과정에서 바람직한 민주주의 이념의 실천 및 개정 방향을 어떻게 신세계 질서가 잡아갈지에 대한 진지한 고민의 와중에서 우리가 분단문제를 어떻게 해결하느냐는 문제는 결코 가벼이 다루어질 문제가 아니라는 생각을 이 독일에서 다시 한 번 해 보게 되는 것이다. 대한민국의 향후 민주주의 발전의 문제는 지금처럼 양적인 고속성장의 단계를 벗어난 그야말로 질적인 성장을 이루는 토대인 국민들의 헌신, 절제, 그리고 균형 잡힌 공동체 정신의 함양이 없이는 불가능한 요소이기 때문이다.

　프랑스의 1789년 시민 대혁명이 있은 이후 국민주권을 강화하려는 일반 민중들의 의지가 다시 왕정의 복고주의로 흐르는 세태를 되돌리려는 노력으로 다시 한 번 독일에서 1848혁명으로 뒤집어 보려고 하였으나 시민의 자유를 확대하는 민주화 과정의 전개는 기득권 세력들이 사회질서의 급격한 재편을 막는 선에서 항상 타협적으로 마무리되고 오늘날의 민주주의를 이루는 시간까지는 200년 이상의 엄청난 시간이 소요된 것이다. 우리는 이러한 유럽의 서구 민주주의 발전의 과정에서 많은 것을 배울 수가 있을 것이다.

　독일의 불행한 역사를 더듬어 보는 것도 의미가 있을 것이다. 독일의 제3제국 창립이라 일컫는 시기인 1930년대 초반에 유럽의 실업률은 살인적인 기록을 유지할 정도로 백성들의 삶을 옥죄이고 있었기에 국가사회당이 강력한 나치의 이름으로 출현하여 국가동원주의로 임시 일자리 창출을 통한 복지정책을 통하여 국민들의 궁핍한 삶을 보완해 주고 전쟁의 폐허에서 정신적으로 황폐해진 공간을 파고들어서 자랑스러운 독일의 민족주의를 고양하는 독일인이라고 과대 포장되면서 폐쇄적인 민족주의를 바탕으로 전체주의적인 정치 체제로 대체하게 된 것이다.

　로마의 교황청을 중심으로 절대적으로 행사되었던 교회 권력이 세속의 왕들의 권력과 충돌하면서 민족국가의 형성을 시작하게 되고 아울러서 핍박을 받고 있었던 일반 백성들의 의식도 조금씩 성장하고 자영업자들의 조그마한 부(富)의 축적을 중심으로 국민주권 확대에 대한 소박한 열망이 유럽의 역사 발전과 함께 커가고 있었던 역사적 사실을 생각하면, 결국 경제적 성장으로 동시에 성장해 가는 국민들의 의식 발전의 문제를 새로운 시대적 상황의 전개와 역사의 전계 속에서 어떻게 이끌어 가야 하는지에 대한 대한민국의 진지한 고민도 다시 한 번 필요한 시점인 것이다. 특히나 이 문제는 남한보다도 북한의 체제 변혁 문제와 매우 깊게 연관 지어서 생각해 보아야 한다.

우리가 문명국가를 지향하는 양심을 담은 보편적인 인간애에 대한 실천적 사랑을 실천하는 세계사의 전환을 이루는 한 등대지기 역할을 자임해 보는 것도 그리 나쁘지만은 않다는 생각이다.

이러한 독일의 역사적 발전과정에서 이합집산을 거듭한 민족국가 이전의 문화적인 공동체, 특정지역 제후를 중심으로 한 봉건 공동체의 발전과정이 필자가 지금 방문한 벰버그(Bamberg)에서 기거한 헤겔의 관념철학을 탄생시키는 정신적 영양제 구실도 하였지만 결국 의식이 성장하고 사회발전의 방향이 정신세계와 함께 물질적인 팽창으로 잘 진행되다가 백성들의 물질적인 욕구가 충족이 되지 않고 1930년대 초에 600만에 달하는 독일 국민들의 살인적인 실업률은 잘못된 국가 이데올로기로 연결이 되고 결국은 나치즘의 이름으로 추구된 군사적인 팽창주의(military expansionism) 정책으로 우리 인류 사회에 엄청난 해악을 끼치게 된 것이다.

자국의 이익만을 생각하면서 결국은 사람이 사람을 해하는 잘못된 역사 전개의 물꼬를 튼 독일의 불행한 과거에 대한 독일 국민들의 반성과 회개는 오늘날 동양의 일본이 되새기고 배워야 할 문제이면서 동시에 나라의 힘이 없는 국가가 할 일이 무엇인지도 진지하게 고민해 보아야 한다. 과거 동독의 한 지방도시인 드레스덴(Dresden)의 주의회(parliament of saxony)를 방문하여 분단의 역사를 극복한 독일을 보고 동시에 과거 구동독의 억압과 감시를 추진한 동독 비밀경찰 슈타시의 활동상황을 기록으로 확인하고 눈으로 보는 일정에서 우리 인류 역사의 퇴행과 우리 인간이 갖고 있는 잠재적인 사악함도 잠시 생각해 본 것이다.

이 부분에서 아직도 동아시아에서 진정한 회개와 사과의 길을 보류하고 있는 일본은 많은 반성을 해야 할 것이다.

이러한 측면에서 본다면 지금 지구촌화 시대에 제3세계권을 중심으로 점점 더 커지고 있는 상대적인 빈곤의 확대와 미래에 대한 희망의 상실이 인류 역사에 어떠한 부정적인 작용을 할 것인지에 대한 걱정을 해야 할 시점에서 세계 체제의 위기 국면을 전환하는 방법에 대해 우리 모두가 진지하게 검토해야 할 시점인 것이다. 특히나 아직도 억압과 빈곤의 고통으로 국민의 주권이 회복되지 못하는 빈국들의 문제를 우리가 관념적으로만 볼 것이 아니라 좀 더 진지하게 고민해서 인류의 폭력성이 다시는 고개를 들지 못하도록 철저한 대비책을 만들 필요가 있어 보인다.

필자가 요즈음 대학의 강단에서 많은 시간을 후학들과의 대화로 보내면서 양적인 성장의 성공적인 사례로 평가받고 있는 대한민국이 민주주의 성장의 역사를 온 국민이 같이 누리면서 여기까지 온 것에 대한 우리 국민들의 자부심을 고양해야 한다는 긍정적인 측면과 더불어서 좀 더 진화되고 세련된 선진 민주주의 국가의 건설, 그리고 통일국가의 완성을 위한 우리의 노력은 과거의 패러다임과는 다른 더 입체적이고 전략적인 국민적 합의와 대대적인 신역사운동, 선진화에 기반한 시민운동으로 전개되어야 한다는 생각을 해 보게 되는 것이다.

이제는 진정으로 질적인 성장을 이루어야 할 시기인 것이다. 우리가 말로는 민주주의를 이야기하고 휴머니즘에 기반한 인류애적인 보편적 정서를 이야기할 수 있어도 정작 나 자신을 희생하고 국가와 민족을 먼저 생각하고 우리 인류가 처한 산적한 위기 요인들을 위해서 우리 스스로가 어떠한 역할을 해야 하는가 하는 문제 앞에서는 극단적인 이기주의, 개인주의로 인하여 무관심으로 돌려지고, 당장 우리보다는 나, 그리고 나의 가족이라는 개념이 너무 강하게 다가와서 결국은 우리 후손들의 삶의 터전인 대한민국, 그리고 이 지구촌의 건강한 발전, 산적한 문제의 해결에 대한 공공재(public good)를 만드는 역할들에는 매우 소극적인 우리들의 모습을 스스로 보게 되는 것이다.

세상은 나를 위해서도 살지만 더불어 살아가는 것이 더 큰 문제를 줄이는 길이기 때문이다. 당장 이러한 생각을 하면 먼저 북한이 항상 마음에 걸리고 무거운 짐으로 다가온다. 우리들에게는 참으로 큰 짐이기 때문이다.

2009. 10. 16

한중일의 장 큰 과제는 북핵 문제

지난 주에 열린 한중일 정상회담에서 '3개국의 공동자유무역협정'을 정부 차원에서 추진하기로 합의 후, 그 체결을 위한 후속조치가 발빠르게 진행되고 있는 모습은 유럽의 진전된 지역주의를 생각하면 뒤늦게나마 매우 고무적인 현상이긴 하나, 바로 우리 등잔 밑에서 전개되고 있는 우리 안보의 최대 위협인 북핵에 대한 중국 공산당(CCP)의 어정쩡한 태도를 보면서 동북아의 폐쇄성 및 과거의 아픈 역사적 궤적을 다시 생각해 본다.

중국의 북한 독재 정권에 대한 태도는 매우 이중적(dualistic)이고 앞으로도 이중적일 것이다. 어쩌면 핵을 보유한 북한이라 할지라도 북한 정권이 망해서 순망치한(脣亡齒寒)의 관계에 손상이 가해지는 것보다는 국제사회의 비난을 다소 감내하더라도 최대한 은밀히 미국의 눈치를 보면서라도 북한을 경제적으로 지원하여 살려놓는 것이 중국의 국가 이익에 더 부합하기 때문이다.

우리와는 기본적인 입장과 인식이 다를 수밖에 없는 중국의 북한에 대한 입장을 놓고 미국이 과거처럼 중국에게 강한 압력을 가할 수도 없는 세계 질서의 급격한 재편을 보는 것도 흥미롭기도 하지만, 우리로선 매우 답답한 현상인 것이다.

한중일 3국이 자유무역협정의 체결을 이루어서 유럽식의 개방적인 지역주의 협력모델(open regionalism cooperation model)을 시작하는 것은 매우 의미 있고 역사적인 진전이지만, 중국의 공산당이 동북아시아의 블랙박스인 북한 체제와 핵 문제를 가장 큰 북한 정권의 우방으로서 이렇게 방치하면서 개방적이고 생산적인 지역주의를 위한 노력을 한다는 것은 매우 이율배반(二律背反)적이고 자국이익 중심적인 접근이라 평가될 것이다. 종국에는 일본도 우리나라도 중국의 이러한 애매모호한 태도로 인해서 급격한 동북아시아의 경제 통합의 흐름에 제동을 걸 수밖에 없을 것이다.

중국의 공산당은 앞으로 최소한 UN의 안정보장이사회가 결의하고 국제사회가 전부 지지하는 투명하고 개방적인 국제레짐(특히나 북핵 관련 결의안 1784호)을 실천하고 분위기 조성에서도 솔선수범하는 경제대국으로 가야지 중국의 미래가 더 있는 것이다.

지금처럼 단기적인 국익에 집착하여 미국과 대한민국을 상대로 한반도의 비핵화를 공공연히 협상테이블에서는 외치면서도 정작 북한과의 비밀 양자대화에서는 북한의 큰 형님임을 자처하는 언사를 나누고, 결의안을 위반하는 경제지원도 약속하는 등의 처신으로 인해 결국 동아시아의 새로운 개방적인 지역주의를 생산하는 역사적 흐름도 방해받을 것이다.

중국 공산당의 투명하고 미래지향적인 외교 노선을 다시 한 번 주문해 보는 것이다.

2009. 10. 13

다시 가을에 만난 그 갈대

오호라 이리도 반갑구나
지난 봄에는 상상도 못하고
연약한 새싹으로 다가오던 너
어느새 한강이 푸르러지고
익은 가을 하늘이 높아지니
너의 갈색 황혼이 다시 나를 부른다
아직은 풋기를 간직하고 있지만
아, 지난 봄이 아니었구나
어느새 지난 가을이었구나
그렇게 그 자리에 그 황홀한 탱고를 추던 너의 모습
지난 가을의 바람결은 몹시도 거세어
너를 모질게 흔들었지만
올 가을의 부드러운 바람결은
부드러운 맑은 하늘을 담은 순풍으로
너와 숨결의 왈츠를 추고 있구나
많은 사람들이 그리 스친 그 자리
아무리 그 누가 보아도
많은 사람들이 그 자리를 지나며
부드러운 바람결에 이리 저리
몸을 기대 왈츠를 추는 너의 모습이
더 정겹게 다가올 것이구나
더 편안한 마음으로 그렇게 다가올 것이구나
나의 마음에서와 같이
바로 너의 마음에서도.

2009. 10. 10일

조상 탓을 조금 하고픈 마음이라?

최근에 이명박 대통령의 'Grand Bargain' 대북 핵 해법을 놓고 우리 정부와 미국 정부가 해석상에서 미묘하게 차이점을 노정하는 모습을 보면서 "미국의 북한에 대한 이해가 대한민국보다 더 정확한가."라는 학자로서의 강한 의문점을 지울 길이 없었다.

삼척동자도 북핵 문제는 북한에게 돈을 주는 단기적인 처방으로 근원적인 문제가 해결되리라고 기대하는 사람은 없을 것이다. 단지 그들이 원하는 것을 줌으로써 단기적인 위기 제거의 효과만을 보면서 북한이 본질적으로 변하는 시기만 기다리고 있는 것이다.

대북 문제는 근본적으로 북한이 개혁 노선으로든 붕괴로 가든 본질적으로 체제가 변하는 그 시점에 모든 모순이 풀리는 열쇠가 나올 수 있기에 대한민국이나 미국이나 인내심을 갖고 위기관리를 하면서 중국을 통한 북한 견제를 현실화하고 더 이상의 확대된 북핵 정국으로 가는 길을 차단하는 현실적인 노선으로 의견을 모으는 것이 매우 중요하다.

더군다나 북한이 핵 보유국으로 인정을 받으려는 북한의 외교 노선을 절대로 용납해선 안 될 것이다.

최근의 북핵 정국은 북한 체제의 생존과 그리고 북한의 독재 정권의 최후의 생존전략을 위한 히든카드로써의 의미를 놓을 수 없는 북한의 고민으로 수법상 위장하면서도 겉으로 불거지고, 이에 일정 부분 동조하는 중국의 '북핵 해법 이중전략' 으로 내용상으로는 한 발자국도 나아갈 수 없는 아주 고약한 지경에 이르게 되었다고 판단이 된다.

현실적으로 아무 애매모호한 협력과 경쟁자의 이중적인 구조를 갖고 있는 전략적 경쟁자(strategic competitor)라는 미중관계의 모호성만큼이나 북핵 문제를 해결하는 요인들이 칡넝쿨처럼 얽혀 있는 것이다.

이러한 어려운 상황을 타파해 보자는 주도적인 노선으로 천명된 '일괄타결 접근법(integrated approach)' 이 시작도 하기 전에 미국의 한 국무부의 관리에 의해서 부정적인 기운을 타고 서울로 흐름이 전해지는 것 자체가 대한민국이 처한 현실적 어려움과 아픔을 대변한다고 할 수 있다.

그러나 누가 누구를 탓한단 말인가?

강단에서 젊은 지성들에게 이러한 복잡한 사고에 기인하는 간접적인 나의 경험을 전하고 토론하는 과정에서 자주 느끼지만, 우리 한국인들이라면 누구나 의아하게 생각하는 한일합방의 배경부터 알아봄으로써 이 북핵 문제의 근원을 찾아보는 것도 나쁘지는 않을 것이다.

일본이 메이지 유신으로 부국강병으로 근대화를 이룰 시점에 아직도 조선은 당쟁과 파벌 그리고 부정부패와, 경직된 성리학적 유교관에 기반한 신분질서를 공고화하는 수구적 사고로 서양의 발달된 물질문명을 거부하고, 특권 계층의 특권적인 사회 경제적인 지위를 공고화하는 폐쇄적이고 비생산적인 사회구조를 타파하지 못하고 파생된 망국적인 미숙의 당쟁 파벌정치로 말미암아서 1910년에 마침내 무능으로 나라를 빼앗기는 아픔을 우리가 겪은 것이다.

순조·헌종·철종을 거치는 풍양 조씨, 안동 김씨의 외척 세도정치로 인해서 나라의 근본이 흔들리면서도 일본이 부국강병을 이루는 그 소중한 시간을 우리 조상들은 다 부정적인 당쟁으로 소모시켜 버린 것이다. 삼정, 군정, 환곡의 문란으로 백성들의 삶은 파탄에 이르고 고종 시대에도 쇄국으로 무능을 타파하지 못한 조상들의 미숙한 국제관으로 대한제국은 마침내 일본국에 합병이 되고 36년간의 쓰라린 역사를 갖게 된 것이다.

북핵 문제를 이야기하다가 갑자기 역사적인 맥락을 짚어 보는 이유는, 오늘날 우리가 처한 분단의 현실을 이야기하려면, 그리고 분단으로 인해서 북쪽의 김정일 정권이 북핵을 갖고 모순의 체제를 유지하려는 반역사적인 이 광경을 잘 보려면, 바로 부국강병의 근대화를 위한 치열한 노력을 기울여야 할 시점에 타락하고 무능한 정치 엘리트들이 이를 방기한 책임과 무능을 우리는 짚어 보지 않을 수가 없는 것이다.

결론적으로 이로 인하여 일제의 식민지 시대를 통한으로 보내고 외세의 힘으로 해방을 맞이한 우리 민족은 분단을 강요당하고 이질적인 정치 이데올로기의 고착 성장으로 오면서 북쪽의 시대착오적인 생존놀음은 독재만이 살길이라 여기고 지금 이렇게 대한민국의 국력을 소진하게 만들고 정치 발전에 심각한 저해 요인이 되고 있는 것이다.

미국이 우리보다 북한을 잘 알 수는 없을 것이다. 그러나 미국은 힘이 있는 나라고 우리 대한민국은 지금 미국의 힘을 필요로 한다. 그래서 우리는 우리가 갖고 있는 모든 지혜와 경험을 미국이 갖고 있는 현실적인 힘과 접목시켜서 다시 한 번 고삐를 조이며 중국의 협력을 구하고 북한을 강온 양면책으로 설득하여 반드시 북핵 문제를 해결해야 할 것이다.

오늘의 이러한 안타까운 분단 문제, 그리고 꼬이고 꼬인 북핵 문제를 생각하다 보니 마땅히 해야 할 소임을 게을리한 우리 조상들의 무능을 아픈 마음으로 다시 생각해 보는 것이다.

2009. 10. 9

하늘을 향해 입을 벌린 사람 7

10월의 이른 아침
북한산이 서 있는 그 자리에
너의 그 얼굴은 어디에
가을 하늘 입에 담고
강한 태양빛을 먹고 있을 너
거기서 나오는
그 험한 외침은 어디에
아침 내내 두리번거리며
너의 그 얼굴을 찾아보지만
너의 얼굴은 어디에
아무 소리 없이
그냥 거기에 있나 보다
가을을 위한 노래 부르며.

2009. 10. 7

세상이 이리도 빨리 변하지만

세상이 이리도 빨리 변하는데 오직 한반도만 구질서의 틀에서 나오지 못하고 냉전적 질곡을 숨이 차게 걸어가고 있다.

지금 한반도에서 진행되는 남북 간의 접촉이나 대화가 진실을 담보하는 참된 변화를 위한 움직임이라기보다는 북한이 자의적으로 계산된 명분을 축적하기 위한 면피용으로 전락하여 최근에 남북 이산가족 상봉행사를 하여도 감동보다는 안타까운 징후가 필자의 가슴에서 계속 느껴지는 것이다.

지금 세계는 엄청난 체제변혁(system transformation)의 소용돌이 속에서 지난 1900년대 초부터 윌슨을 중심으로 민족자결주의를 외치면서 급부상하여 1945년에 종결된 세계 2차대전을 지나 정점에 달한 미국의 패권적 질서가 1990년대를 지나면서 서서히 다극 체제로 분산되는, 가파른 국제질서 재편의 한가운데에 우리가 서 있는 것이다. 러시아 혁명의 열기가 다 식어간 시점인 1989년에 동구권 공산국가가 멸망하고 자본주의 노선으로 선회하면서 이미 다극 체제의 가능성을 열어놓은 이후 미국의 패권적 질서에 기생하면서 하부 패권구조를 이루었던 소련 연방의 역할 종말과 함께 이제 세계는 미국의 점진적인 쇠퇴를 전제로 한 새판짜기 열기 속에서 새로운 역사를 열어가고 있는 것이다.

물론 아직도 군사적으로는 절대적인 패권적 힘을 갖고 있는 미국이지만, 기타의 경제적 문화적 영역에서 다시 탈식민주주의 흐름을 재현하는 다양한 민족주의 흐름의 재현으로 유럽과 동아시아를 중심으로 전개된 경제적 다극화에 이어서 제3세계권의 국가들까지 파급이 미치는 하부 다극화 흐름으로 급선회하고 있는 느낌이다.

명실공히 정치적인 유럽연합(EU)의 통합을 가속화하는 아일랜드 국민들의 리스본조약 가결투표는 경제적인 규모에서는 미국을 뛰어넘어 최대의 생산권역으로 재편되고 있는 것이다.

공식적인 통계를 보아도 2007년 1월 기준으로 4억 9,500만의 인구를 갖고 15조 3,430억 달러의 생산력을 자랑하는 유럽연합은 미국의 3억 100만, 그리고 경제에서도 14조 30억 달러를 뛰어넘는 세계 최대의 단일연방권이 되어서 앞으로 국제정치 질서의 근본적인 변화를 이끄는 새로운 축이 되고 있는 것이다. 이에 비하면 아직 4조 8,330억 달러의 생산력을 갖춘 중국의 위상은 13억 2,180만이라는 인구에 걸맞게 더 성장하고 커가야 할 것이다. 정치연합(political union)으로 달려가는 유럽의 변혁 앞에 한반도는 지금 무엇을 하고 있는가?

본격적인 정치 통합을 위한 27개 유럽연합 회원국들의 결의는 국제 무대에서 점점 더 쇠퇴하고 있는 미국의 위상(the relative decline of the US hegemony)을 좀먹을 것이며 국내적으로 전 세계적으로 빈부 격차와 전 세계에 대한 차별이라는 근본적인 문제를 해결하지 못하는 구 냉전구조 그리고 지금까지 잠시 있었던 단극질 서의 한계를 놓고 어떠한 대안을 내어놓을 것인지 많은 학자들이 주시하고 있는 것이다.

명실공히 유럽연합을 단일적으로 상징하는 대통령과 외교장관직을 신설하여 정치 통합의 고삐를 조이면서 지금까지 미국과 소련의 헤게모니 구조에서 전지구적으로 파생된 각종 문제들(빈부격차, 환경, 난민, 소외 등)을 어떻게 해결할 것인지에 대한 대안을 내는 미래의 모습에서 어떠한 가능성이 보일지 우리 모두 큰 관심으로 지켜보고 있는 것이다.

이제 2009년 10월 29일에 유럽연합 정상회의 개최를 통해서 확인되는 이들의 강화된 연방국가 창설논의는 아직도 얼음장처럼 본질이 대결과 불신으로 점철된 이 한반도에 많은 긍정적인 영향을 주고 새로운 흐름이 형성되었으면 한다.

지금이라도 남과 북이 진실되고 미래지향적인 관계 정립을 위해서 새로운 남북관계 진전의 패러다임을 짜는 대인식의 전환을 이루어야 할 것이다. 물론 열쇠는 항상 북한이 쥐고 우리 대한민국의 참된 화합 노력을 그들 스스로 거부해 왔다는 현실적인 고민이 있지만 말이다.

2009. 10. 6

이명박 대통령의 주도적 북핵 협상론

필자의 감회도 남다르지 않다. 한국정치 발전과 국제정치 문제를 학교나 공직에 있을 때부터 쉬지 않고 강의해 오고 있는 필자도 한국이 G-20의 당당한 회원 자격으로 2010년에 회의를 개최하게 되어 주도적인 모습으로 의제를 형성하고 주요 국제 문제에서 의견을 리드하는 나라가 되었다는 상징적인 의미가 지금 더 크게 느껴진다. 이명박 대통령의 외교적 성과를 온 국민이 축하하고, 우리 스스로 대한민국의 과거 역경의 역사를 되돌아보고 오늘의 조그마한 성취를 자축할 만하다고 생각한다.

더군다나, 북핵 해법을 놓고 우리의 주도적인 목소리를 주장하는 모습은 참으로 자랑스럽고 다행스런 진전이라고 나 스스로도 평가를 해 보고 싶다. 이제는 앞으로 대한민국이 6자회담의 회원국들은 물론, 국제사회의 주요 관련기구나 리짐들을 상대로 버거운 외교전을 적극적으로 전개하는 일만 남은 것이다.

미·일·중·러가 북핵 문제를 우리가 인식하는 것처럼 그리 심각하게 인식하지 못하고 우선순위가 다른 곳에 있는 것을 우리가 알고 있는 이상에는, 우리는 더욱더 북핵 문제를 주도적으로 이끌고 가는 노력과 그 의지를 국제사회와 북한에게 천명하는 것은, 늦은감이 있지만, 그나마 다행한 일인 것이다.

이명박 대통령도 스스로, "한미 정상 사이에 합의가 된 사항을 제대로 모르는 국무부의 관리가 한 말을 갖고 마치 큰일이나 난 것처럼 떠들썩한 것은 변방의 사고에서 벗어나지 못했기 때문이다."는 자주적인 인식을 한미 공조의 틀 속에서 적절하게 구사하는 모습은 신중한 방향으로 대한민국의 목소리를 적극적으로 내겠다는 매우 좋은 포석이다.

우리가 알고 있듯이 현재 미국의 행정부는 아프칸이나 중동 문제 뒤에 북핵을 후순위로 놓고 시간을 갖고 대화로 풀겠다는 전략으로 북한에게 다소 핵을 이용한 생존 전략을 허용하는 공간을 만들어 주고 있기 때문이다. 우리 정부의 입장에선 북핵이 국제사회에서 기정사실로 받아들이는 것을 절대로 용납할 수 없기에 대한민국의 모든 것을 걸고 제지를 해야만 할 것이다.

노무현 정부의 무모한 '자주외교'와는 차원과 격이 다른 우방들과의 철저한 공조를 기반으로 한 대한민국의 '주도적인 목소리 내기'는 우리의 위상을 국제사회에서 북핵 문제에서도 더욱더 높여줄 수가 있기에 매우 좋은 카드가 될 것이다.

정신을 바짝 차리고 대통령의 의지를 바침하고 절대절명의 북핵 외교를 성공적으로 이끌어야 할 것이다.

2009. 10. 1

실패한 정치적 실험의 아픔

민주주의의 기본 원리는 인간이 가진 천부인권을 어떻게 국민주권의 논리로 잘 제도화하여 국민들의 뜻을 잘 섬기느냐에 있을 것이다.

그러나 불행하게도 이러한 제도를 잘 운영하고 뜻을 잘 실천할 수 있는 올바르고 자질이 함양된 정치 인력의 충원이 보장되지 않는 사회는 진정한 정치 발전을 이루지 못하고 항상 정치 부패와 독선의 악순환에서 벗어나기가 쉽지 않은 것이다.

조셉 슘페터라는 학자도 민주주의를 하나의 개관적인 정치적 과정, 절차, 체제, 지도자를 선출하기 위한 경쟁적 절차로 보면서 민주주의가 잘 작동하기 위한 국민주권의 중요성을 이야기했다. 이러한 맥락에서 본다면 진정한 국민주권을 실현하는 모체는 제도의 운영을 공정하고 객관적으로 이끄는 자질과 함량이 있는 진정한 민주 일꾼의 양성에서 찾아야 할 것이다.

민주주의의 기본 원리가 국민주권, 입헌주의, 권력분립, 지방자치, 대의제 등의 기본 원리를 벗어나지 않는다면 이 명제는 더욱더 그 정당성을 갖게 될 것이다.

필자는 정치학자로서 현실 정치에 몸을 담으면서 이러한 기본적인 민주주의 원리가 우리 한국 사회에서 과연 살아날 수 있는 가능성이 얼마나 되는가에 대한 실천적 실험을 수차례 스스로 하고 있는 중이다.

그 첫 번째 실험은 지난 2004년의 4.15총선에서 기득권 정치의 병폐와 문제점을 지적하면서 민도가 가장 높다는 신도시 지역에서 공당 기호 2번으로 출마한 경험이다.

대한민국 정치의 가장 큰 문제점인 구시대 인물의 인적교체와 물갈이에 대한 기층 국민들의 염원을 읽고서 그 지역의 가장 민주화된 중산층의 정책적 선호도를 고려하여 '국회의원 3선금지' 라는 공약으로 표를 얻기 위해서 혼신의 힘을 다 했지만, 그 당시 동반출마한 정치거물, 홍사덕, 한명숙 후보에 비해서 매우 적은 수의 표를 얻는 결과를 낳았다.

그 첫 번째 정치 실험 이후, 필자는 우리 국민들이 교육의 정도를 떠나서 말과 행동이 다른 투표 행태를 보이는 매우 고질적인 민주주의의 적인 고질병을 발견하게 된 것이다. 말로는 민주 정치의 정당성, 원리를 이야기해도 막상 투표장에 가서는 망국적인 지역주의에 흔들리고, 그리고 오도된 이념적인 노선에 좌우되는 또 다른 포퓰리즘적인 정치 행태를 보게 된 것이다.

그래서 순수한 열정과 애국심으로 무장한 많은 정치 지망생들이 우리 정치의 커다란 부정적인 벽 앞에서 좌절하고 고민하다가 나라에 봉사할 기회를 잃고 좌절하는 많은 사례를 보아왔다.

정치인 충원과정의 또 다른 문제점인 공당이라 자처하는 세력들이 행하는 공천과정의 폐쇄성, 파당성, 그리고 부패성에 대한 국민들의 단죄가 없이는 이 나라의 부패한 정치구조에 대한 근원적인 처방의 마련이 매우 어렵다는 체감적 평가를 지금도 강의실에서 학생들과 몸소 나누고 있는 것이다.

지금 이순간에도 민주주의를 빙자한 잘못된 정치 관행, 소수의 기득권만을 염두해 둔 자질 미달의 정치꾼들에 의해서 국가의 정체성과 자율성이 침해되고 이 나라의 민주주의가 발전을 하지 못하는 안타까운 형국에서 진정한 국민주권을 실현할 수 있는 유일한 탈출구는 각성된 민주 시민 의식임을 다시 한 번 말하고 싶다.

2009. 9. 28

저 높은 하늘을 향하여

나뭇가지 사이로 얼굴을 힘껏 내밀어도
언듯언듯 푸른 창공의 언저리만 맴도네
산 정상이라 할 것도 없는 산 밑 귀퉁이에
초라하게 뿌리를 내리고 가냘픈 몸을
그 꽃과 함께 가까스로 길가에 묻고 있지만
솔잎 참나무 나뭇가지 사이로 난
저 푸른 창공으로 향하는 너의 굳은 의지는
노오란 꽃잎으로 나를 반가이 맞이하네
겉은 미미하지만 위대한 그대가 아닌가
견고한 바위틈보다도 더 어려운 사람들이 지나가는
산모퉁이 행길가에 그리 힘들게 몸을 맡기고
이리도 힘이 들게 몸을 가누면서 그 아름다운
노오란 꽃 몽우리를 저 푸른 창공으로 버티고 서서
힘겨운 웃음으로 내보내고 있으니
그 주위의 나뭇가지들도 감복하여
나뭇가지들을 스스로 최대한 벌리고
너의 그 우아한 자태를 창공으로
더 나아가게 힘껏 양보하고 있구나
오늘은 나도 저 산 정상으로 가지 말고
여기에 앉아서 위대한 너를 보면서
하늘을 향해서 입을 벌린 사람을
그냥 마음속으로 맞이하려 하네
이렇게 너를 위로하면서
그냥 너를 위로하고 나를 보면서.

2009. 9. 27

정치인들도 휴머니즘을 껴안아야

최근에 공직자 후보들을 둘러싼 국회의 인사청문회를 보니, 정치인들의 부족한 자질과 국회 운영의 부실함을 다시 보는 것 같아서 씁쓸하다.

장관 및 총리 후보자에 대한 철저한 검증을 위한 전문적인 사고와 노력도 중요하지만, 때로는 그 후보자의 장점도 들추어 주는 여유와 후보자에 대한 배려의 미덕도 잊어서는 안 되는 것이다.

정운찬 총리 내정자는 아마도 자신이 살아온 인생 내내 가장 큰 시련의 시간이었을 것이다. 좋은 것보다는 부정적인 것, 그리고 흠집이 나는 사안들만 들이대면서 연일 공격의 고삐를 늦추지 않는 여야 의원들의 질문에 많은 감회가 있었을 것이다.

당연히 검증할 사안은 검증을 해야 하지만, 그 사람이 갖고 있는 장점을 때로는 부각시키면서 그 사람의 자질됨을 국민에게 홍보를 해 주는 역할도 국회의 인사청문회가 맡아서 해야 함에도 온갖 부정적인 기류 속에서만 모든 회의가 진행되고 마는 것이다.

예를 들면, 정운찬 총리 내정자의 인생관, 그리고 그가 야구를 특별히 사랑하고 아끼는 그의 독특한 스포츠에 대한 견해 등도 들어 보면서 균형 잡힌 방향으로 장점과 단점을 부각시키는 청문회가 되면 지금보다는 국민들의 더 많은 관심을 갖게 될 것이다.

다시 한 번 필자는 정치적 휴머니즘(humanism)과 바람직한 방향에서의 감성적인 매력이 실종되어 버린 정치인들을 보면서 무미건조한 대한민국의 정치를 어떻게 개혁하여 국민들의 관심을 끄는 인기 있는 종목으로 만들어야 하는지에 대한 진지한 생각을 해 본다.

방법은 간단할 것이다. 자질과 함량이 떨어지는 인사들은 이제 후배들에게 자리를 내어주고 멋진 정치를 위한 새로운 정치문화를 여는 국민적 축제의 장이 새롭게 시작되어야 할 것이다.

필자는 지금도 고질병인 대한민국의 정치 부패를 근절하고 정치 발전을 가장 효과적인 한시적인 처방은 '국회의원 3선금지 입법화'를 통한 대대적인 정치인의 물갈이라는 생각을 하고 수시로 강연과 집필로 전파하고 있다.

지름길이 가까이 있는데 가려고 하지 않는 기득권 세력들의 저항이 무서워 대한민국의 정치 발전을 피한다면 우리에게 밝은 미래는 없는 것이다.

2009. 9. 25

미국과 대화만 고집하는 북한이라?

아무래도 북핵 문제에서 우리 정부의 역할이 너무나 제한적이란 생각을 지울 길이 없어 보인다.

지난 21일 김정일 위원장이 방북한 중국 공산당의 다이빙궈 외교 담당 국무위원에게 또다시 북핵 해법을 논의하는 과정에서 "미국과의 대화를 우선시하겠다."는 공식 입장을 전달했다.

지난 김대중, 노무현 정권 내내 '민족 공조, 우리 민족끼리'라는 구호로 대한민국으로부터 엄청난 물적인 지원을 챙겨간 김정일 스스로 모순을 보인 것이다. 그러한 그들의 민족주의적 감성적 구호는 우리로부터 돈을 갖고 가는 한 수단으로 써먹고 정작 중요한 남북한 대화 문제에서는 목적을 따로 갖고 우리 정부를 또다시 명백하게 배제하고 있는 모습인 것이다.

이러한 북한 정권을 상대로 우리가 준비된 통일을 입에 담기에는 너무나 험난한 여정을 미리 보는 것 같아서 씁쓸하다.

어제 안암동 고려대에서 필자가 담당하고 있는 영어강좌 '국제관계 특강(Special Topic on International Relations)' 강의 시간에 외국에서 유학을 온 학생들이 왜 북한이 핵을 버릴 수가 없는지에 대한 이해가 부족해서 한참을 설명하고 북한이 처한 현실을 이야기하자, 그제서야 북핵의 본질을 이해하는 것을 보고 우리 국민들도 안보교육 차원에서 북한 핵에 대한 정확한 이해를 위한 정부의 홍보가 적극적이어야 한다는 생각을 해 보았다.

국제정치 구도에서 미국이 한국전쟁 정전협정의 당사자이고 북핵 문제의 큰 열쇠를 쥐고 있는 것도 사실이지만 이렇게 국제사회에서 노골적으로 우리 정부를 무시하는 발언을 하는 북한 정권이 있는 한 한반도에서의 신뢰 구축과 평화 정착은 참으로 멀고 먼 길이란 생각을 지울 길이 없다.

이제는 우리 정부도 해야 할 말을 딱 부러지게 하면서 도울 것은 도와가는 차별화된 전략을 실용화할 때가 된 것이다. 대화는 포기할 수 없지만 그렇다고 잘못된 북한을 영원히 묵인할 순 없는 것이다.

2009. 9. 23

탈대한민국을 위한 결단이 필요하다

최근에 정운찬 총리 지명자의 세종 복합도시 건설 문제를 담은 발언을 정점으로 바람직한 국가 운영 방향을 놓고 설전이 신문들의 지면을 달구고 있다.

필자가 이런저런 의견을 접하면서 느끼는 점은 대한민국의 국익에 더 적합한 것은 하나인데, 상반된 의견을 가진 두 세력들이 마치 자기들의 주장이 타당하고 더 적합한 것처럼 연일 지면을 달구고 있는 모습을 본다.

필자가 보기엔 정치인들이 비타협적인 지역주의(regionalism)의 기득권을 지키는 아주 소인배적인 논리가 우선은 국민들에게 이득이 되는 것처럼 보이지만, 후손을 생각하고 나라를 생각하는 국민이라면, 이러한 정치인들을 정치의 장에서 퇴출시키는 지혜가 함양되어야만 대한민국을 선진국의 반열에 올려놓을 수가 있을 것이란 판단을 해 본다.

경제적으로 세계 10위권의 양적인 성장을 이룬 대한민국이 지금부터 더 중요하게 가꾸어야 할 바른 역사 철학과 시민 윤리의식의 함양 문제는 경제적인 양적인 성장만큼 빨리 되는 이슈가 아닌 것이다.

유명한 외교부장관이 북핵을 없애는 것이 최우선 과제라는 발언은 너무나 상식적이고 국가의 경영을 고민하는 국민이라면 누구나 알 수 있는 테제지만, 지금 우리 사회는 남남갈등으로 인해서 당연히 국가의 정책으로 다가와야 할 사안들이 여야 간의 정쟁으로, 나누어 먹는 '울며 겨자 먹기식' 의 국정 운영으로 혼돈의 판단상태에서 벗어나고 있질 못하다.

더 힘이 있고 가진 자들의 노블레스 오블리주 문제에서부터 공정한 국정의 운영을 위한 객관적이고 투명한 인사 운영 시스템의 마련, 그리고 자신만을 보는 이기주의적인 정치문화에서 나와서 공동체에 기반한 통찰력이 있는 민주주의 문화로 단기간에 전환하는 것이 매우 어렵다는 생각을 더욱더 하게 되는 것이다.

지도층이나 일반 국민들이 말보다는 행동이 앞서는 선진 국민 의식으로 먼저 무장해야 국가를 제대로 정도로 경영하는 인재들이 넘치고 소인배보다는 의로움을 갖고 자신이 손해를 보더라고 나라를 먼저 생각하는 참 선비정신이 넘치는 국가 운영 집단으로 거듭나는 것이다.

국방장관 김태영 후보자가 아파트 20평에 살고 위장 전입이나 부동산 투기 의혹이 없는 것은 공직자로서 너무나 당연하고 바람직한 자세이지만, 이러한 공직자가 이상하리만치 희귀하게 여겨지는 지금의 대한민국 지도층 문화에서 후학들이 무엇을 배울 수가 있단 말인가?

이것이야말로 잘못된 철학과 문화를 갖고 있는 부정적인 근대성에 기반한 탈대한민국을 과감하게 수행하고 다시 태어나는 대한민국의 민주주의를 위해서 우리 모두 환골탈퇴하는 지혜를 모아야 한다. 무엇보다 재미있는 것은, 자신이 부당하게 재산을 모으고 특혜를 받아온 사람이라는 것을 알고 있는 인사들이 청와대의 인사검증에 응하는 뻔뻔스럽고 탐욕스런 마음이 녹아나는 아주 저질스런 그들의 인격이다.

다른 면에서 불법으로 이득을 보고 대한민국이라는 공동체에 해를 끼쳤으면 그것으로 만족하고 반성하는 것이 맞는 것이다.

그 위에다 또 명예를 얻고 권력을 얻겠다는 아주 소인배적인 논리는 우리 공동체를 망치고 또한 후손들에게 불명예를 안겨주는 못된 관행이므로 절대로 이들이 국회의 인준을 통과해서도 안 되고 대통령은 이들을 국민을 대표하는 고위직에 절대로 임명을 해서도 안 될 것이다. 만약 사람이 없다는 나약한 논리로 이들을 등용하면 대한민국의 정신문화는 더 부패하고 공공성은 더 퇴색하여 국가의 기강은 바닥을 헤매일 것이다.

바로 이러한 모습을 보면 잘못된 양적인 성장의 근대성에 기반해서 형성되어온 부정적인 근대화의 유산으로 대표되는 탈대한민국을 이야기하는 성숙된 시민의식을 먼저 만들어야 우리가 선진국이 될 수 있다는 생각을 해 본다.

더 크고 담대한 성장을 위한 고통스런 구조조정이 정신 영역에서는 필수인 것이다.

2009. 9. 19

그것이 나의 얼굴인데

그것이 나의 얼굴인데
아직도 그리 누워 있구나
숨소리가 들리나
차를 내리몰아
더 가까이 가 보아도
너는 그리 누워 있구나
아무 말도 없이
입만 그리 크게 벌리고
눈도 하늘에 두고
그것이 내 얼굴인데
하늘이 보이든
하늘이 보이지 않던
누워 있는 그 거친 얼굴
그것이 내 얼굴인데.

2009. 9. 15

참으로 아름다운 가을이 왔다

지난 주말 충청도에 소재한 문중산의 금초를 하다 보니 또다시 재현되는 가을의 황금 들판을 보면서 하늘이 우리에게 내린 선물의 진정한 의미를 다시 한 번 느끼게 된 것이다.

항상 고향으로 달려가는 운전은 피곤함을 모른다. 과거 부친 살아생전에는 무슨 일이 있어도 우리의 주요 명절에는 가족을 차에 태우고 수시간씩 걸리면서 고향에 가서 가장 편안한 분위기에서 가족의 정을 나누고 사람의 뿌리에 대해서, 자연에 대해서 사고를 할 수 있는 중요한 시간을 갖곤 하였다.

하지만 부친이 소천한 이후에는 오히려 명절마다 모친이 서울로 오시니 그러한 정겨운 명절을 맞을 기회는 오히려 줄어들고 이렇게 일 년에 한 차례 문중의 선산을 정리하는 모임에 참석하여 가족의 뿌리를 새삼 확인하고 그들과의 막혔던 소통을 하곤 하는 것이다.

사화과학을 전공해 온 필자가 그래도 나 자신의 개인의 바운더리를 넘는 사회 개혁, 국가 발전과 공유하는 삶의 목표를 설정하고 부지런히 살아온 지난 시절을 뒤돌아보니, 한 사회질서 내에서 자신을 연마하고 그리고 사회의 공의를 담아서 철학을 실천해내는 문제가 절대로 그리 쉽지 않은 문제임을 절감하고 있다. 그 청아한 가을 하늘 아래서 이러한 문제를 고민해 보니, 과거보다도 앞으로 가야 할 길이 더 험난함을 느낀다.

국가와 민족의 담론을 뛰어넘는 사회적 연대와 해체의 흐름을 담아내는 새로운 정치제도, 이데올로기 창출에 대한 지류의 한 고민으로 많은 시간을 보내는 필자에겐 웬지 모든 이러한 하늘의 선물이 너무나도 고마워 보인다.

재능은 많지 않지만 그래도 미천한 능력이라도 발휘할 수 있는 한국의 정치 풍토에서 지난 세월 많은 좌절과 아픔을 겪으면서도 동시대를 살아가는 사람들과의 소통과 연대의 문제를 내려놓을 순 없기 때문이다.

물론, 공평하지 않은 세상을 더 나은 방향으로 우리가 어떻게 견인할 것인지를 놓고 정확한 해답을 지금 내어놓을 수는 없지만, 그동안 고뇌해 온 필자의 삶이 결코 이러한 문제를 풀어내는 조그마한 밑거름과는 격리되지 않았다는 소박한 자족의 마음도 가져 본다.

새로운 정부의 탄생에 나름의 열정으로 일정부분 기여를 하고도 정치철학에 기반하여 행동하는 삶을 유지하다 보니 이런저런 사연으로 국가에 봉사할 수 있는 본격적인 기회를 갖지 못하고 있는 필자지만, 대신 가을 학기에는 임시로 다시 학문의 전당에서 독서와 강연으로 더 심도 있게 우리 사회 제반의 문제를 고민하고 후학들과 교류하는 장이 더 크게 다가온다.

이 가을에는 더 많은 고민으로 더 명확한 필자의 정치철학을 연마할 것이다.

항상 아름다운 가을을 보고 시를 써 왔으므로 오늘도 예외는 아닐 것이다.

2009. 9. 14

너는 항상 그 자리에

어제는 없었었도
너는 항상 그 자리에
그리 또 피고 지누나
어제는 분홍으로
오늘은 하얀 자태로
가을 하늘 베개 삼아
흔들거리는 너의 모습
세상의 흐름이
너의 흔들림에 묻혀
나의 마음을
이리도 당기는구나.

2009. 9. 14

거란과 북한에 대한 단상

요즈음 세상에는 말도 많고 소문도 많다. 특히나, 며칠 전 북한이 느닷없이 수공을 퍼부은 이후 다시 북한의 호전성에 대한 논의가 진지하게 그러나 늦게 진행되고 있다.

필자는 문득 지난 주말 한 공영방송의 인기사극 〈천추태후〉를 보다가 갑자기 그 당시 고려 초의 권문세가들이 자신들의 정치적 입지를 위해서 나라의 안보도 팔아먹는 못된 소인배적인 행각과, 지금 북한의 호전성을 본격적인 핵 개발 정국에서도 무조건 두둔하고 폄하하는 지금 우리 사회 내의 부적절한 존재들을 비교하게 된 것이다.

강력한 권력을 유지했던 천추태후가 아들 목종과 함께 권력의 장에서 퇴진한 이후 현종이 즉위하면서 천추태후를 지탱했던 권신을 축출하는 수단으로, 반대 세력들은 국가의 국방정책의 토대마저도 흔들면서 자신들의 사적인 권력을 구축하는 일에 국가의 소중한 에너지를 탕진하는 것이다.

결국은 거란의 침입은 없다는 억지 논리로 군대를 축소하는 정책으로 회귀하는 것이다.

결국은 권력의 축을 교체하는 과정에서 연흥공주의 측근들은 천추태후와 그 권신들이 국가의 안보를 위해서 추진한 국방정책의 소중한 토대를 백성들의 부담을 던다는 명목으로 추진된 군대의 축소라는 명분으로 몰고 가지만, 그러한 정책의 추진이 다 하기도 전에 당시 거란의 성종은 40만 대군을 이끌고 대대적인 고려 정벌의 깃발을 드는 것이다.

그때서야 군대의 기반을 취약하게 하고 줄인 아첨과 간언의 주축 세력들은 자신들의 잘못을 뉘우치지만, 얼마나 어리석은 판단의 결과가 그리 빨리 나오는지에 대한 생각을 정리할 틈도 없이 국란을 수습하기도 바쁘게 되는 것이다.

필자는 이 역사 드라마를 보면서 문득 지금 우리 대한민국이 처한 안타까운 현실을 생각해 보았다.

지금도 우리 사회 내에는 북한의 엄청난 잘못과 도발 앞에서도 북한을 자극하면 안 된다는 그릇된 논리로 북한의 반민족적이고 일탈적인 행동도 문제 삼지 말라고 주장하는 아주 간악한 세력들이 우리 주변에 산재해 있다. 그들은 국가의 안보에 대한 진지한 고민이 결여된 이상주의자들일 것이다.

인류의 역사를 보아도 전쟁에 대한 철저한 준비가 없이 전쟁을 억제해 온 사례가 없는 것이다. 말로는 평화와 안정을 외치면서 국방이 좀먹고 병들면 그 나라는 아주 간악한 무리들의 농간으로 무너지게 되는 것이다.

이들은 1970년대 베트남의 공산화 교훈도, 바로 위에서 언급한 고려 초의 간신들이 저지른 엄청난 국가적 해악 행위에 대한 역사적 교훈도 무시하는 잘못된 세력이라는 것이 나의 진지한 판단이다.

이제는 대명천지에 우리가 정말로 해야 할 말을 해야 하고 말을 아니 해야 할 것은 하지 않는 현명한 국가의 엘리트들이 역사의 전면에 나서서 국익을 좀먹고 국가의 통합을 저해하는 소인배들의 엄청난 잘못을 규명하는 대 정치 변혁의 물고를 터야 할 것이다.

겉으로 평온한 대한민국은 지금 내면으로 들어가면 역사상 유례가 없는 지역, 이념, 분단구조, 계층 간의 내홍으로 국가의 심각한 분열이 극에 달하고 있는 것이다.

2009. 9. 8

한국 정치는 더 이상 못 나아가나?

정치인 한 사람 한 사람을 폄하하고픈 마음은 없으나, 우리 정치가 국민들의 마음속에 내재한 바람보다는 항상 자신의 정치적 구도와 이득을 앞세우는 일부 못된 세력들에 의해서 자꾸 퇴행하는 모습이 너무나 안타깝다.

더 이상 국민들의 이름을 팔면서 자신들의 정치적 탐욕을 포장하지 말기 바란다. 부패한 모습에서 자유로울 정치인에 대한 기대가 언제나 다시 살아날 것인가?

2학기 들어서 대학 강단에서 이러한 주제를 놓고 미래의 꿈나무들과 대화를 하면 바로 우리 정치구조의 모순과 현실적인 정치적 이득을 위한 소인적인 정치인들의 처신이 여린 가슴의 정의감을 흐트러트리고 결국은 어른 사회 전체에 대한 신뢰성마저 떨어트리는 악순환을 조장하고 있는 작금 한국 정치의 수준과 작태에 국민들이 분노하지 않는 것이 이상할 정도인 것이다.

도대체 정치 이념(political ideologies)이 왜 필요하고 정당이 왜 필요한 것인지에 대한 기본적인 성찰은 접어두고라도, 정치인으로,

정당인으로, 국민에게 봉사하는 국민의 민의로서의 최소한의 도리도 버리고 타인의 관심과 애정, 그리고 바람을 스스로 깨트리는 정치인들을 더 이상 보고 싶지 않은 것이 국민들의 솔직한 심정일 것이다.

정치 선진국이 무엇을 의미하는가?

우리 사회의 정치 수준이 앞으로 갈 길을 생각하면 지금 우리가 이렇게 부딪치는 모순과 비상식의 정치는 언제 없어질 것인가?

항상 나라가 먼저 있고 국민도 있음이요, 국민이 먼저 있고서야 정치인들이 있을 것이란 평범한 진리를 가슴속에 더 새기고 마지막 순간까지 국가와 국민을 위해서 더 크게 봉사하는, 영혼이 맑고 더 자질이 함양된 정치인들을 기대해 보는 것이다.

나라가 없으면 그냥 유랑민만 있는 것이 아닌가?

2009. 9. 4

광화문(光化門)에서

광화문에서 다시 인왕산을 본다
그 뜨거운 열기는 아직도 백성들의 마음을 담지 못하고
아직도 그리 그곳에 서성인다
먼 옛날 허균이 보던 그 산
또 먼 훗날 한참 시간이 지나고
다산 정약용이 보던 그 산
외침에 어둠에 파쟁에 인왕산이 울고 또 울었어도
대한민국의 품안에서 울었다
이 산이 서글프게 울지 말아야 한다
껄껄대고 크게 박장대소해야 한다
오늘 이 인왕산을 보니 백성들의 아픔으로 눈물을 훔치던
허균의 민본사상이 녹아나고
위민 정치를 외치던 다산의 마음이
촉촉하게 산 속 녹음에 녹아 있구나
오늘 광화문에서 다시 인왕을 본다
성웅 이순신 장군이 눈을 부릅뜨고 대한민국의 안녕을 기원하지만
아직도 광화문의 언저리엔 이러한 선조들의 염원을 멀리하고
세상 돌아가는 위치도 잘 모르면서
앵무새처럼 오도된 민족을 남발하며
역사와 국민 앞에 대명천지에 죄를 짓고
스스로 양심을 거스르며 살면서도
부끄럼 없이 그렇게 늘 떠들고 있구나.

2009. 8. 28

북한의 말장난에 지친 대한민국 국민들

주위의 생활전선이 고달프다 보니 대다수 국민들은 한반도의 운명을 좌지우지하는 한반도 주변 열강들의 입장 표명과 북한의 생존 게임에 대한 이해도 덜 하고 많은 시간을 할애해서 그것을 공부할 수 있는 여건은 더더욱 아니다.

관련 분야 시민단체, 전문가, 관료, 정치인, 연구원들이 주축이 되어서 여론을 형성하는 대북 협상 문제는 이제 지루하게 국민들의 기억 속에서 큰 자극제가 되질 못한다.

북한이 6자회담에 복귀를 하던 말던, 미국과 양자대화를 하던 말던 지금 당장 국민들의 피부에 와 닿는 핵 문제는 아니다. 오히려 김대중, 노무현 정권 시절 "북한 핵이 일리가 있다."는 일부 친북 세력들의 주장으로 정작 북핵 문제에 대해서 심각성을 느끼는 국민이 그리 많지가 않다는 생각이 든다.

오히려 오도된 '햇볕론'으로 안보의식이 매우 취약해진 국민들은 지금 생활고로 앞날에 대한 두려움이 더 크게 다가오고 공공재(public good)인 안보 문제는 뒷전으로 물러나 있는 것이다.

이럴 때일수록, 위정자들이 더 공명심을 함양하면서 국민들에 대한 진정한 봉사의 마음을 가다듬고 나라 일을 보아야 할 때인 것이다. 대통령이 혼자서 혼신의 힘을 다해도 주위의 핵심 참모들이 이에 부합하는 처방을 내놓지 못하고 함량 미달의 보좌를 한다면 대통령의 큰 뜻과 바람은 물거품이 될 것이다.

지금 미국이 급작스럽게 북한에 억류되었던 두 여기자의 석방을 구실로 북한과의 대화를 기정사실화하다가 전략적인 오점이 발견되어 잠시 북한에게 6자회담 복귀를 주문하고 있는 형국이긴 하지만, 북한이 말장난으로 또다시 훗날 조건이 허락하면 6자회담에 복귀한다는 말을 해도 그 말을 진정으로 들을 사람은 전 세계에 김정일 독재 정권을 칭송하고 찬양하는 친북 세력들밖엔 없을 것이다.

아니면 이러한 잘못된 흐름에 동조하게 영향을 받은 사람들일 것이다.

2009. 8. 27

왜 그리 북한 문제에서 조급증을 보이나?

왜 이리 북한을 봐주려고 안달인가?

미국도 세계의 경찰국가로서 대북 접근에서 큰 원칙을 무시하고 대화를 위한 명분을 축적하는 행보가 어떤 결과를 낳을 것인지 잘 알면서도 대북 문제를 또다시 갈지(之)자로 끌고 가는 모습이 안타깝다.

외교 문제에서 대화를 거부하는 사람은 아무도 없다. 단지 그 대화가 아무리 세상물정에 어두운 집단이라도 기본적인 신뢰와 상식을 지키는 원칙 위에서만 의미가 있는 것이다.

미국이 과거 클린턴, 부시 정부를 거치는 동안 대북 핵 문제를 푸는 기본적인 노선이 갈지자 행보로, 원칙을 고수한 강경 노선과 북한의 몽니에 굴복하는 대화 노선으로 왔다, 갔다하면서 결론적으로 북한에게 다 속아온 역사를 생각하면, 지금 미국이 북한과 대화를 하려고 원칙을 양보하는 모습은 또 다른 미래의 실망을 전제로 한 것이란 사실을 잊으면 안 된다.

매우 짧은 정권의 이득을 위해서 대한민국의 크나큰 민족 문제를 희생시켜선 안 된다.

필자와 같은 무명의 논객이 이와 같은 주장을 하여도 그리 큰 파장이 없음을 알지만, 분명히 조만간에 우리 정부와 미국 정부는 또다시 북한에게 대화를 미끼로 시간을 벌어준 것을 크게 후회하고 강경 노선으로 선회하는 미래의 순간을 틀림없이 맞을 것이다. 필자는 감으로 이렇게 이야기를 하고 싶다.

지금 방한 중인 필립 골드버그 미국 국무부 대북 제재조정관이 24일자로 금강산·개성관광 재개와 개성공단 활성화가 유엔 안전보장이사회의 대북 제재결의안관 무관하다는 입장을 매우 협소하게 나름으로 해석하고 천명한 것은 크나큰 미국의 실책이 되어서 다시 미국 정부에게 먼 훗날 더 큰 짐으로 되돌아갈 것이다.

"안보리 결의 1874호는 인도주의와 경제 개발을 예외로 고려하고 있다."는 그의 해석은 바로 지난 십수 년간 그런 식으로 북한에게 흘러간 돈들이 북한의 경제 개발이나 북한 주민들의 생활을 향상시키는 곳에 쓰인 것이 아니라 바로 지금 문제가 된 북한의 핵 개발에 전용되었다는 단순한 사실을 북한과의 대화를 위해서 고의적으로 무시하는 잘못된 진단인 것이다.

지금 우리 정부도 관광 목적과 산업 인프라 개발에 관련된 사업이 안보리 결의의 직접적인 규제 대상으로 볼 수 없다는 주장을 하고 있으나, 현 정부의 대북 정책에 대한 조급증이 드러나는 매우 근시안적이고 잘못된 진단으로 훗날 우리 정부에게 더 큰 짐으로 반드시 돌아올 것이다.

왜냐하면 북한 정권은 과거 김대중, 노무현 좌파 정권인 이렇게 억지로 북한을 돕기 위해 꿰어 맞춘 현금 수입으로 또다시 북한 주민들을 억압으로 통제하는 통치 기금으로 쓰고 북한 체제를 억지로 지탱하는 지렛대가 되고 있는 추가적인 핵 개발에 쓰인다는 확신이 필자에게 있기 때문이다.

이제 북한 문제는 다소 시간이 걸리고 어려운 난국이 있다 해도 과거처럼 대화를 위한 대화를 가급적 자제하고 일관되고 강력한 원칙을 기반으로 한 인내심 있는 우리 정부와 국제사회의 공조가 필요하기 때문이다.

정권 내에 무엇을 해 보겠다는 단기적인 욕심도 버려야 한다.

그렇게 순간의 필요에 의해서 원칙을 나름으로 해석하는 모습에서 아직도 북한은 우리 정부와 국제사회를 상대로 기만술을 펼치는 공간을 보고 있는 것이다.

2009. 8. 25

왜 그리 북한과의 형식적인 만남에 집착하나?

지금 대한민국의 심장부에선 한반도의 미래를 결정하는 이런저런 만남들이 예정되어 있지만, 정작 형식적인 만남만이 예정되어 있는 이 현실이 너무나 답답하다.

우리 언론들은 김대중 전 대통령의 국장을 남북 화해의 기회로 맞이할 수 있는 것처럼 호들갑을 떨고 있지만, 냉정하게 현실을 고찰하면 과거와 달리 획기적인 전기를 마련할 수 없는 본질이 고착화되어 고달픈 한반도의 현실에 씁쓸한 마음만이 들 뿐이다.

김정일 위원장은 재정적으로 궁핍한 처지를 타개할 유일한 카드가 중국이나 우리 정부일진데 과거 좌파 정부가 과도한 민족 화해를 위한다는 선물로 포장한 금강산 관광을 살리고 또다시 유인책으로 우리 정부의 약점을 이용하여 민족 화해를 들먹이면서 과거의 상투적인 수법을 써먹고 있는 것이다.

북미 대화의 물고를 트고, 김대중 전 대통령 조문 정국을 이용하여 또 우리 정부를 속이고 국민을 속이는 위장된 대남화해 노선을 주창하고 있는 것이다.

북한의 김정일 정권이야 생명이 다하는 그날까지 그 이상으로 대대손손 권력을 쥐고 내어놓을 일이 없지만, 민주주의를 하는 대한민국은 또다시 3년 뒤에 대통령 선거를 해야 하기에 남북 문제에 일정한 성과를 위해서도 북한에게 목을 매이지 않을 수 없는 구조적인 약점을 틀어쥐고 이러한 조문 정국을 활용하여 또다시 우리를 속이려고 하고 있는 것이다.

속아주는 것처럼 하고 그리도 달래 보고 노력도 해 보았지만 오히려 우리의 선량한 관광객을 사살하고 한마디의 사과도 없이 우리의 어부들을 구금하고도 아무런 사과도 없이 마치 큰 선물이라도 주는 것처럼 이러한 조문 정국을 활용하고 있는 것이다.

필자가 과거의 공개된 칼럼들을 통하여 수백 차례 지적하였듯이, 김정일 독재 정권이 생존하는 한 북한의 대남 전략에는 변화가 있을 수가 없는 것이다. 우리 정부들은 유한한 정권 기간 내에 대북 문제의 성과를 위한 조급한 결정으로 또다시 실책을 만들고 북한 정권이 계속적으로 생존할 공간을 명분 없는 대북 지원으로 만들어 주고 고통받는 북한의 주민들만 희망이 더 없어지는 세상이 되고 있는 것이다. 북핵을 절대로 포기하지 않을 북한 정권에게 어울리지 않는 미사여구로 또다시 그들에게 북한 주민들을 옥죄이는 정권 연장을 위한 경제적인 물고를 왜 트여주어야 하는지 다시 한 번 더 많은 고민을 해 보아야 한다. 정부는 사기업이 아니기 때문이다.

북한 주민들의 입장에선 이 지독한 독재 체제의 종말이 새로운 희망을 노래하는 토대가 되기 때문이다.

우리 정부를 공식적으로 상대하지 않고 현정은이라는 사기업인을 이용하고, 김대중 전 대통령의 개인적인 채널을 이용하여 대남

전선을 펴고 있는 그들에게서 우리가 형식적인 이산가족 만남, 북한 정권의 과거의 숱한 잘못과 핵 개발, 그리고 약속을 지키지 않는 못된 행태에 대한 사과와 사죄가 없는 어정쩡한 선에서의 또 다른 대북 지원을 언급하는 것에서부터 우리 정부의 조급증을 또 읽을 수가 있는 것이다. 이번에는 과거의 구습을 되풀이하는 정부의 조급한 결정이 없었으면 한다.

바르지 못한 처신으로 우리를 괴롭히면 묵묵하게 버티고 북한의 변화를 기다리는 배짱도 우리 정권이 가져 보아야 사리에 맞는 것이다. 미국 정부도 우리 정부의 통찰력이 있고 틀이 큰 대북 노선에 귀를 기울이고 우리 정부를 앞서서 대북 노선을 만드는 우를 범하지 말아야 한다.

지금 이명박 정부는 북한에 무슨 책을 잡히지도 않는 순수한 애국 시민들이 토대가 된 정부, 많은 국민들의 염원을 담고 탄생한 정부이고 이 정권 내에 녹아나는 국민들의 뜻을 더 의미 깊게 해석하고 행동하는 것이 맞는 것이다.

우리 정부가 유엔을 통한 강력한 제재를 입에 담은 것이 어제이거늘, 금강산 관광을 재개하는 것이 국제적인 제재 국면과는 배치되지 않는다는 얼이 빠진 해석으로 우리 정부의 속이 좁은 노선을 국제사회에 천명하는 것부터가 매우 자존심이 상하고 어울리지 않는 것으로, 북한의 정권 홍보 전주곡을 우리나라 방방곡곡에 연주하는 것과 무엇이 다른가?

근본적으로 변하지 않는 북한 정권을 상대로 왜 이리 조급증이 걸린 실익이 적은 대북 노선을 펼치려 하는지 북한을 제대로 알고 우리 민족의 자존심을 생각하는 사람이라면 많은 의구심을 가질 수밖에 없는 것이다.

지금 이 순간 조급증이 걸린 대북 화해 노선을 주창하는 세력들의 이면에 깔린 사고의 그늘을 우리 정부가 잘 읽기를 바란다.

아무리 민족 화해를 위한 조문 정국이라 누가 선전을 하고 왔다 해도 또다시 과거처럼 속고 또 속는 속이 빈 강정 같은 구호성 대북 정책을 계속하는 것은 사리에도 맞지가 않고 국가의 실익에도 도움이 되지 않을 것이라는 것이 필자의 판단이다.

이제 우리 국민들도 차분하게 현실을 직시하고 과거의 특정 정권이 지나치게 정권의 홍보를 위해서 혹은 치우친 이념적인 노선을 위해서 행하는 과거 정권들의 전시성 행정과 국가에 도움이 되는 진정한 정책을 구별하고 이를 다가오는 선거를 통하여 평가하는 인내심 있는 국민들이 되어야 할 것이다.

2009. 8. 21

진실로 행동하는 양심을 위하여

찌는 듯한 무더위가 연일 계속되면서 백성들의 마음도 신선함보다는 지리한 더위에 지쳐 있다.

며칠 전에 한 시낭송회의 초청을 받아서 필자의 시를 낭송하며 시인들과 진솔한 대화를 해 보니 일반 국민들의 바람이 어디인지 다시 느낄 수가 있었다.

무더위가 기승을 부리는 여름이면 항상 피서도 즐기고 가족들과의 만남을 전제로 한 담소 모임이 우리의 전통문화였지만 유난히 올 여름은 이런저런 국가의 대소사들로 마음들이 바쁜 분들이 많아 보인다.

생계형 고민으로 많은 국민들이 편치 않은 시간들을 보내는 와중에서도 한반도의 역사는 매우 가파르게 흘러가고 있다.

노무현, 김대중 전 대통령의 마지막 모습들이 연이어 언론을 통해서 장식되고 시간의 흐름을 가장 빨리 느끼는 시간이 되고 있는 것이다.

우리 모두 국민을 가장 살 살게 하는 진정한 민주 정치의 끝이 어디인지, 많은 정치인들이 삶을 마감하면서 외치고 간 진정한 위민 정치의 시작과 끝이 어디인지 더 많은 생각을 하게 하는 시간들이다.

우리 인간들은 결국에는 이성과 감성의 지배에서 자유롭지 못한 공간과 시간의 특정 순간 지점에서 때로는 감성이 때로는 이성이 압도하여 우리 인간들의 행동양식을 결정하는 것이다.

굴절이 많은 현대사의 많은 지도자들이 행동하는 양심이라는 단어를 즐겨 쓰고 그렇게 살려고 노력한 흔적들이 없는 것은 아니지만, 국민과 백성들이 느끼는 진정으로 행동하는 양심이 과거와 현재를 떠나서 미래에는 어떻게 정립되어야 하는지에 대한 각자 스스로의 고찰이 필요한 시점인 것이다.

필자가 생각하는 '행동하는 양심'은 미래에 다음과 같은 모습으로 국민들에게 다가가야 한다고 생각한다.

첫째, 미래의 행동하는 양심은 한반도의 분단구조의 모순을 잘 이해하고 공정하고 객관적인 틀로써 이를 분석하고 이를 극복하려는 전체적인 가치관의 형성과 구체적인 행동 계획에서 혜안이 있는 모습이어야 할 것이다.

둘째, 미래의 행동하는 양심은 지금 우리가 과거 구정치의 부정적인 유산으로 자리 잡은 망국적 지역주의에 편승하지 않고 오직 국가의 발전에 기반한 정치철학으로 이를 실천하는 사람이어야 한다.

셋째, 미래의 행동하는 양심은 자신과 주변의, 잘못된 이데올로기의 족쇄에서 과감히 벗어나 오직 국가 발전의 청사진을 갖고 미래의 새로운 생산적인 정치를 논하는 사람이어야 한다.

넷째, 미래의 행동하는 양심은 백성들의 아픔을 진정으로 함께 나누는 삶을 몸소 실천하고 이들의 바람과 염원을 항상 몸에 체화해서 이들의 아픔을 만지는 사람이어야 한다.

다섯째, 미래의 행동하는 사람은 아무리 백성들이 많은 이야기를 해도 그것이 국가의 발전에 해가 되는 흐름이라면 이에 대해서 과감하게 반론을 펴고 국가의 백년대계를 이야기할 수 있는 사람이어야 한다.

여섯째, 미래의 행동하는 양심은 국제 정세의 흐름을 정확하게 파악하고 이에 능동적으로 동참하는 역량과 비전을 갖추고 다가오는 지구촌 시대의 창조에 적극적인 역할을 할 수 있는 역량이 있는 사람이어야 한다.

일곱째, 미래의 행동하는 양심은 과거 정치적 이득에 따라서 말과 행동을 함부로 바꾸지 않은 일관성과 도덕성을 기반으로 오직 진실만을 그 어떠한 상황에서도 말할 수 있는 확고한 철학을 갖춘 도덕적인 실천가이어야 할 것이다.

필자가 우선 머릿속에 스치는 몇 가지 조건을 적어 보았지만, 이 외에도 공인으로서 미래의 행동하는 양심으로 살아갈 사람은 더 많은 자질과 역량을 갖추어야만 할 것이다. 우리가 진정으로 고민하고 준비해야 하는 것은 과거가 아니라 미래인 것이다.

너도 나도 더 많은 관심을 갖고 이러한 사회의 밑거름이 되는 '행동하는 양심'을 양산하는 교육제도의 확립과 사회적 가치관의 형성을 위해서 절제되고 훈련된 언행으로 품격 있는 한국적 민주주의의 정착을 위해서 매진해야 할 것이다.

2009. 8. 19

아직도 그리들 말하나

아직도 그리들 말하나
이리도 흐른 시간 속에서도
아직도 그리들 말하나
왜들 그러나
그 길이 아니면 가지 말아야지
양심 팔고 명분 팔아
굳이 그렇게 가야 하나
역사는 그 길이 아니라고
연일 외치는데
그대들은 반대로 그리 외치며
아직도
그리들 말하나
아직도
그리들 가려 하나
세상이 무섭지 않은 것이지
사익만이 보이는 것이지
하기사
역사 속에서 항상 그런 자들도
당대에서는 부귀영화를 누리고
국민들을 잘도 속여도
그들을 당장 단죄하지 않았으니까.

2009. 8. 18

김정일 정권의 '대결단'을 촉구한다

한반도의 모순을 해결하려는 수많은 국제사회와 우리 정부의 노력에도 불구하고 지난 반세기 동안 북한은 오히려 독재 체제를 강화하고 핵 개발을 하는 등 주민들에게 고통을 더 주는 방향으로 체제를 유지해 오면서 지금도 국제사회와의 무모하고 실익이 매우 적은 대결 국면을 유지하고 있다.

무리한 군사 강성대국으로 가는 길목에서 핵을 보유하여 가까스로 다 꺼져가는 정권의 생명을 유지해 보겠다는 김정일 북한 정권의 고민과 버거움을 모르는 바는 아니지만, 더 곪아서 더 많은 희생과 고통을 치르기 전에 고통받는 북한의 주민들에게 희망을 주는 진정한 위민 정치 노선으로 체제 개혁의 고삐를 굳건하게 틀어쥐고 북한의 김정일 정권이 국제사회로 분명하게 나와야 할 것이다.

지난 빌 클린턴 미 대통령의 평양 방문에서나 어제 이명박 대통령의 '신평화 구상'에서도 북한이 국제사회와 상생하면서 살 수 있는 해법이 하나로 요약되고 있는 것이다.

문제는 북한이 이미 알고 있는 이 분명한 답변에 대해서 통치권

차원에서 하루빨리 현실적인 결단을 내리는 김정일 정권의 승부수가 필요하다는 것이다. 비핵화에 대한 분명한 의지를 보이고 신뢰성을 갖고 국제사회의 전폭적인 지원을 전제로 한 북한의 경제를 재건하는 혁명적인 수준의 변화가 필요한 것이다.

사실 지금의 녹이 슬고 시대착오적인 북한의 정치 체제, 사회 시스템으로는 국제사회나 우리 정부가 아무리 많은 대북 지원을 해도 땜 방식 이상의 의미도 없을 것이며 북한 정권은 계속 무리하게 핵 개발 및 대량 살상 무기의 지속적인 활용으로 모순이 가득 찬 독재 체제를 유지하려는 술수 및 기만성만 더 키울 것이다. 이것이 우리의 고민인 것이다.

지금 현정은 회장의 김정일 면담도 대북 경협에서 근본적인 북한의 변화를 유도하는 계기가 될 수는 없는 것이다. 그저 지금 당장 곤궁한 김정일 정권의 주머니만 일부 채워지는 수순으로 일이 매듭나고 그들은 또 다른 술수로 다음 단계에서 더 많은 금전을 요구할 것이다.

결국은 하나의 카드만 남은 것이다.

김일성, 김정일 정권이 정권의 운명을 걸고 북한 주민들에게 새로운 희망과 꿈을 줄 수 있는 중국식의 변혁된 개혁 · 개방 체제로 전환하는 통이 큰 결단을 내려야 한다. 그 전제는 그들도 잘 알고 있듯이 경우에 따라서는 김씨 일가의 정권을 내려놓을 수 있다는 통이 큰 결단이어야 한다. 그러한 모순과 독선, 아집이 가득 찬 체제를 끌고 가면서 국제사회에서 건전한 일원으로 살아간다는 생각부터 바꾸어야 하는 것이다.

그러한 북한의 통이 큰 마지막 결단이 전제되지 않는 미국의 포괄적 지원 방안이나 우리 정부의 대대적인 대북 지원 방안은 결국 문제 해결의 근본적인 실마리는 남겨놓은 채 겉포장만 화려하게 하는 수순으로 북한 주민들의 생활에 아무런 변화를 주지 못할 것이다.

그렇게 전제가 되지 않은 북한의 부분적인 개방과 대화, 그리고 국제사회와의 극히 제한적인 협력은 항상 그 자리에서 고통받고 미래에 대한 희망을 저버린 북한 주민에게 아무런 희망을 줄 수가 없는 것이다. 김정일 위원장의 통이 큰 결단을 위해서 기도해 본다.

그러한 대전환이 전제되지 않는 남북 교류, 북미 대화는 또다시 시간만 북한에게 벌어주고 종국에는 북한의 트집과 고집만을 한탄하는 결말을 우리가 또 볼 것이기 때문이다. 우리도 이러한 현실을 알지만 다른 뾰족한 묘수가 보이지 않는 현실이 답답하지만 말이다.

2009. 8. 17

세 가지 사안에 대한 의문점

매일 매일의 정보의 홍수 속에서 살아가는 국민들이 어떠한 사안에 대해서 진실을 알고 그 정곡(正鵠)을 이해하는 능력을 갖고 있다는 것은 많은 노력을 축적된 자질 향상의 결과물일 것이다. 그 힘이 엄청난 노력을 통해서일 것이다.

매일매일 생업에 종사하는 일반 국민들의 판단과 정보 획득은 국내의 주요 공중파와 주요 언론을 통한 일방통행적인 흐름 속에서 얻어질 것이다.

필자처럼 비교적 공적인 영역에서 나라 문제를 많이 고민하고 있는 사람이라도 무의식적으로 굳어지고 있는 일부 기득권층이나 이념적으로 편향성을 갖고 있는 집단들의 편견을 조목조목 짚어 보려고 노력하는 과정에서 객관적이고 공정한 입장에서 한 문제의 핵심을 간파하고 해결안을 만드는 것은 결코 쉬운 일이 아닐 것이다.

오늘도 조용하게 명상을 해 보니 우리 주요 언론들의 보도에 대한 서너 가지의 문제점이 필자의 뇌리 속에 스친다.

얼마 전에 빌 클린턴 전 미 대통령이 전격적으로 평양을 방문하여 범죄자로 억류 중이던 두 명의 미 여기자를 석방시킨 저력은 미국이 갖고 있는 힘의 상관관계에서 나오는 북한의 계산된 처방일 것이다.

사안이 이러하다고 지금 현정은 현대그룹 회장이 북한을 방문하여 김정일을 면담하고 억류 중인 현대아산 직원을 석방시킨다는 공식이 성립할지, 아니면 성립한다고 해도 우리 정부가 북한에게 얼마나 많은 양보나 도움에 대한 약속을 필요로 할 것인지에 대한 심층적인 고찰이 이루어지면, 미국과 우리가 현재 국제사회에서 처한 국력의 차이를 형평성이 있게 현실감 있게 느낄 것이다. 경색된 관계를 유연하게 푸는 일과 원칙을 자꾸 양보하면서 저자세로 끌려가는 것은 전혀 다른 문제인 것이다.

한 대북 사업의 주력기업을 이끄는, 다소 북한에 겉으로라도 부드러운 성향을 가장한 한 민간기업인이 자사의 구상을 벗어난 자세로 크나큰 민족 문제의 모순을 약간의 경제적인 인센티브로 어떻게 풀어낸다는 것인지 도무지 이해가 잘 되지 않는 항목이다. 지금 심각한 자금난에 허덕이는 북한 정권의 생리로 보아서 이번에 현정은 회장의 방북 카드는 김정일의 빈 호주머니를 채워주는 일시적인 북한의 불장난에 놀아나는 자충수에 불과할 공산이 매우 큰 것이다.

미국이야 북한을 움직일 많은 카드들을 갖고 북한과 흥정할 수 있는 큰 영향력이 있지만, 지금 우리 정부가 북한 정부에게 무슨 영향력으로 무엇을 어떻게 한다는 것인지 정부의 명확한 입장 표명도 없는 시점이 아닌가? 그들은 항상 남남갈등을 더 조장하고 부족한 물질을 보충하는 창구로 우리를 이용해 온 것이다. 또 다른 하나의 사안은 지금 병세로 어려움이 처해 있는 김대중 전 대통령을 김영

삼 전 대통령이 전격적으로 방문하여 평생 동안 정치적 동지요 경쟁자였던 두 사람의 개인적인 모순점이 잘 해결될 수 있다는 희망이 언론에 많이 보이는 것도, 자세히 살펴보면, 우리 국민들의 마음 속에 응어리진 정서와는 다소 맞지가 않는 논리의 도약일 것이다.

민주화를 위한 두 사람의 공헌과 노력은 인정하지만 민주화 이후 정치 권력이 과다하게 사유화되고 계보정치, 밀실정치, 흥정정치의 나쁜 관례를 국가의 공공성이라는 거대한 틀 안에 녹여내지 못하고 정치적 지역주의, 이념적 편견주의를 극복하지 못한 역사적 평가마저 국민들에게 용서되는 것이 아니라는 사실도 언론은 균형감 있게 다루어 주어야 할 것이다.

항상 뒷북만 치는 형국으로 정책적 실패와 국민의 혈세를 낭비한 정부와 기관들의 실패에 대한 공정하고 냉정한 분석 및 후속 조치가 부재한 언론들의 비난성 논설과 보도도 이제는 새로운 방향으로 물고를 틀 때가 된 것이다.

우리 정부가 이명박 정부의 출범 이후 대대적인 자원 외교를 제창하고 국무총리를 정점으로 하는 대책반을 만들고 에너지 외교에 박차를 가해 왔지만 번번히 실패만 하고 있는 우리 자원 외교의 현 주소를 단지 중국에 대비된 가용비용의 부족으로만 돌리는 관점도 문제의 근원에서 다소 벗어나는 면이 있는 것이다.

석유공사, 가스공사, 광물자원공사 등에 이러한 대통령의 큰 뜻을 제대로 이해하고 이를 정책으로 연결하여 실천하고 뛸 수 있는 능력 있고 공정한 인물에 대한 인사가 후속적으로 제대로 이루어지고 이러한 과제의 실패를 언론이 언급하고 있는 것인지 짚어 보길 바란다. 모두가 근원적인 국가의 문제를 짚어내는 성의와 노력이 부족하다는 생각을 떨쳐버리기가 쉽지가 않은 형국이다.

이러한 보이지 않는 국가 정책이나 행정의 실패는 고스란히 가랑비에 옷이 젖는 것처럼 국민들의 부담으로 점진적으로 국민들의 납세의 의무에 싸이기 때문이다.

2009. 8. 11

다시 영혼을 깨우는 소리

눈으로 하늘을 보고
마음으로 산하를 그려 보아도
아무것도 보이지 않더니
오늘 새벽에
나는 다시 그 소리
나의 영혼을 깨우는 소리
바람과 구름을 알리는
그 지고한 하늘의 소리를
온몸과
온맘으로
버거워하면서 다시 또다시
힘들게 듣고 있네.

2009. 8. 8

미국은 북한에게 또 속아줄 것인가?

시간을 주고 면죄부만 주는 일시적인 처방은 안 된다.

어제 오전부터 BBC World, CNN을 비롯한 국제방송들은 빌 클린턴 전 미대통령의 전격적인 평양 방문을 대대적으로 보도하면서 북미관계에 한 전환점이 될 것인지를 놓고 많은 분석을 하고 있다.

정작 북한 문제의 당사자인 우리 정부는 매우 소극적인 자세로 사실 위주의 보도만 하고 우리 언론들도 항상 원론적인 수준의 보도와 논평으로 또다시 국제 외교 무대에서 북한이 암묵적으로 승리하는 한 조그마한 사건을 지켜보는 필자의 마음은 매우 답답하다.

지난 1994년 제1차 북핵 위기 시에도 당시 전 미 대통령인 지미 카터가 평양을 전격적으로 방문하여 생전의 김일성 주석과 대화를 하여서 일시적으로 파국으로 치닫던 북핵 국면을 푼 기억이 새롭지만, 15년이 지난 지금 그동안 북한 정권이 저질러온 행태를 보면, 미국이 철저하게 속아온 북한의 핵 개발 역사를 우리가 보면서 일시적인 외교적 포장만 갖고 북한을 상대하기에 한반도 문제를 더 악화시켰다는 비난을 비켜가기가 쉽지가 않아 보인다.

지금도 신뢰성이 떨어진 북한 정권의 몽니를 국제사회가 더 철저하게 봉쇄하지 못하는 국면에서 결국 미국은 또다시 겉으로는 강력한 봉쇄를 천명하면서도 속내는 이렇게 북한이 원하는 카드로 한 거물을 평양에 보내는 이중적인 모습을 보고 있는 것이다. UN이라는 국제기구의 한계와 모순을 미국과 중국의 이중 플레이를 보면서 답답하게 느끼고 있는 것이다.

결국 우리 정부나 미국 정부나 북한을 끝까지 두둔하고 있는 중국 정부를 철저하게 설득하지 못하고 멋대로 몽니를 부리는 북한 정권을 이렇게 방치하는 크나큰 외교적 한계를 우리가 다시 명명백백하게 이 백주 대낮에 보고 있는 것이다.

자국민의 인권 및 안전에 우선순위를 두고 있는 미국 정부는 단기적으로는 북핵보다도 우선은 북한에 억류된 두 언론인을 어떻게 하든 먼저 구출하고 북한 정권을 설득하겠다는 생각을 하고 있겠지만, 결국 이번의 클린턴 전 대통령의 방문은 또다시 북한에게 면죄부와 더 정교한 핵 국가로 가는 길목에서 엄청난 시간을 벌어다 주는 명분을 주고 우리 정부의 원칙이 담겨진 북한 관련 입지를 더 어렵게 만들 것이다.

결국은 이번 클린턴 전 대통령의 방북은 미국 정부나 우리 정부나 북한의 잘못을 알면서 그들의 국제적인 범죄행위를 알면서도 또다시 궁극적으로 묵인하고 그들의 계략에 암묵적으로 말려드는 기폭제 역할을 하고 있는 것이다.

또다시 김영삼, 김대중, 노무현 정권을 거치면서 우리 정부의 원칙과 명분이 결여된 지나 십 수년의 갈지(之)자 외교 행태가 강력한 우리 정부의 목소리를 만들어서 워싱턴의 일방적인 외교 노선을 강력하게 견제하지 못하고 얼마나 미국 정부의 자국 이익 중심의 접근법에 우리의 목소리를 일정 부분 반영하는 브레이크 역할이 안되는지를 증명한 아주 아픈 외교적 실패 사례인 것이다.

경제적으로는 세계 10위권의 무역량을 자랑하지만 분단된 국가로써 국제 무대에서 아직은 강대국의 논리에 휘말리는 나약한 우리의 모습을 자성하고 지금부터라도 온 정치권을 비롯한 우리 사회 내의 지역으로, 이념으로 갈린 국론의 분열을 과감하게 치유하고 우리의 국익이 사장되는 노선으로 북미 단독협상이 진행되지 못하도록 총력 외교전을 전개해야 할 것이다. 한미 동맹의 가장 핵심고리인 신뢰성의 구축은 미국 정부가 우리 정부의 입장을 백분 이해하는 선에서 북한을 상대하는 배려가 될 것이다.

김대중, 노무현 정권을 거치면서 영혼이 부재한 일부 외교 관료들의 해바라기성 발언이나 아부성 처신이 우리의 외교 입지를 그동안에 얼마나 심각하게 위축시키고 추락시켰는지에 대한 대한민국 외교계의 커다란 자성이 필요한 시점인 것이다.

앞으로는 안보 문제를 포함한 북핵 문제에 있어서는 중도 노선이라는 회색지대를 맴돌지 말고 원칙과 강력한 상호주의가 전제된 국민들의 단호한 안보관을 위한 국가적 운동을 벌이고 북한의 무모하고 간악한 대남 노선, 북핵 노선에 대한 우리 스스로의 강력한 대처 수단을 만드는 일에 총력을 기울여야 한다.

이번의 빌 클린턴 전 미 대통령의 평양 방문은 결국은 미국의 머릿속에 그리고 있는 북핵 및 핵 제조, 보존 및 기타 관련 시설 물질의 제3국 이전을 막을 수 있는 접점을 위한 대화를 시작하는 조그만 계기가 될 것이고, 이러한 전제 하에서는 지금 북한이 갖고 있는 이미 제조된 핵무기는 암묵적으로 용인되는 시국으로 전개되면서 결국 우리의 안보 생존권만 심각하게 훼손되는 최악의 상황이 올 수도 있다는 점을 우리가 명심해야 할 것이다.

2009. 8. 5

중국을 설득하는 힘이 필요하다

북한 문제에서 가장 직접적이고 정확한 체험 온도를 갖고 있는 나라는 미국도 중국도 아닌 바로 우리 대한민국이다. 따라서 북한에 대한 중요한 문제를 국제사회가 논의하기 전에 미국을 비롯한 국제사회가 더 심도 있게 우리 정부의 목소리를 경청하는 것이 북한 문제를 가장 잘 푸는 열쇠가 될 수 있는 것이다.

최근에 미중 간의 고위급 전략 대화 과정에서도 북한의 급변사태에 대한 미중 간의 논의가 합의점을 찾지 못하고 중국의 폐쇄적인 자국 이익 중심 접근법으로 더 이상 진전이 안 되는 모습은 대한민국 외교의 한계와 역량이 드러나는 한 대목이다. 아직은 중국을 설득하고 움직이는 큰 역량의 부족을 역설적으로 보여주는 결과를 낳고 있다.

어쩌면 북한의 체제 불안정이 더 심화되는 과정에서 북핵 문제를 장기적으론 논의하는 시점보다 북한의 체제 붕괴가 현실적으로 더 가까이 있을 수 있다는 미국의 판단에 중국이 이처럼 비협조적인 자세를 견지하는 한반도의 중층적, 다층적 국제 이해관계에 대한 우리 정부의 대처 능력 부재를 탓해야 하는지도 모를 일이다. 목숨을 걸고 나라를 생각하는 관료들의 애국정신에도 큰 모순점이 보이고 있다. 정치권이 분열되어 있으면 관료사회라도 제대로 된 목소리로 국가의 앞날을 걱정해야 한다.

결국 순망치한(脣亡齒寒)의 관계인 북중 간의 수십 년 된 동맹국으로서의 밀약이 아직은 유효하고 북경의 서울과 평양에 대한 등거리 외교(equal distance policy)가 당분간은 변치 않을 것이라는 아주 상식적인 판단과 더불어서 미국이 북한 급변사태 이후 과도하게 북한의 내정에 간섭하는 것을 허용할 수 없다는 중국의 복잡한 계산이 우리 정부의 대중 외교를 더더욱 어렵게 만들고 있는 것이다.

필자가 보기에도 지금 북핵도 당연이 중요한 논의 사안이지만, 어찌 보면, 지금은 김일성, 김정일, 김정운으로 대표되는 제3대 부자 세습의 불안정성에 대한 우리 정부의 솔직하고 통이 큰 대책 마련이 시급한 것이다. 북핵에 대한 우리 정부의 원칙적이고 완전한 제거에 대한 자세는 더 강하고 크게 국제사회에 수시로 전달되어야 한다.

결국 동북아에서 밀접한 이해관계를 갖고 있는 미국과 일본 그리고 우리 정부는 보다 심층적이고 적극적인 카드로 중국 정부를 상대로 끈기 있고 폭이 넓은 방법으로 북한 급변사태 문제 해법을 논의하고 중국의 국익에 결정적으로 해가 되지 않는다는 아주 통이 큰 접근으로 중국 공산당(CCP)들의 수뇌부를 움직이는 대결단이 필요한 시점이다.

필자는 우리 정부가 제대로 된 외교 역량과 의지를 갖고 대처한다면 얼마든지 중국을 설득하는 카드가 있다고 생각한다. 문제는 이렇게 급박하게 다가오는 한반도의 지각변동 앞에서도 폐쇄적인 정파의 이득에 매몰되어서 과거의 구습을 답습하고 있는 종북(從北) 세력들의 허황된 평화 논리에 우리 국민들의 여론이 구심점이 만들어지는 방향으로 강하게 형성되고 있질 못한 현실인 것이다.

이렇게 중요한 시점에 북한 문제 해법을 찾는 기본적인 합의조차도 못하고 있는 우리 정치권의 여야 간의 줄다리기나 정부의 소극적인 대책이 우리의 국익을 엄청나게 사장시키고 있다는 사실을 알아야 한다.

아직도 급물살을 타고 있는 북한 문제 앞에서 수구적인 좌파 논리로 썩고 부패한 북한의 독재 권력에 대한 미련을 갖고 있는 대한민국 내의 정치 세력이 있다면 이것이야말로 역사의 아이러니가 될 것이다. 이들에게 북한 주민들의 고통과 아픔은 들리지가 않고 정치적인 계산만이 있기 때문일 것이다.

하루빨리 정신을 차려야 할 것이다.

2009. 8. 3

흥선대원군과 김좌근

세상 만물이 항상 변한다는 것을 우리는 항상 느끼고 있다.

사람들이 출세나 재물의 축적과 관련된 운명을 항상 생각하고 사는 것이 인생의 큰 부분으로 다가오는 일상의 진리이다. 종교 생활을 통해서 어느 정도 속세의 일들과는 거리를 둔다고 해도 결국은 우리들이 사람이라는 한계를 완전히 극복하기는 쉽지가 않은 일이다.

강화 도령 철종이 죽고 대왕대비 조씨의 강력한 추천으로 왕통을 이어받는 흥선대원군의 아들 고종은 어린 나이에 결국 정무의 상당한 부분을 아버지인 흥선군에 의지하게 되면서 60년의 외척 세도정치에서 가장 강력한 파벌을 이루었던 안동 김씨 일문이 상대적으로 위축되는 시기를 맞이하게 되는 것이다.

안동 김씨 일족의 세도정치가 극에 달한 시절에 왕족이었던 대원군은 이들 일족들의 눈치를 보면서 바짝 엎드려서 바보 행세를 하면서 목숨을 부지하는 고난과 수난의 시절을 보내게 되었지만, 세상은 항상 변한다는 평범한 진리에 의하여 고종의 등극으로 이제는 안동 김씨 일족이 대원군의 강력한 섭정으로 크나큰 시련을 겪게 되는 것이다.

안동 김씨와 풍양 조씨 일문의 발호는 상대적으로 왕권을 위촉시키고 권력이 사유화되면서 국가 재정의 문란, 매관매직의 성행, 그리고 왕실의 권위가 격하되어 나라의 기강이 말이 아니었다. 이로 말미암아 백성들의 생활을 전정, 군정, 환곡으로 대표되는 삼정의 문란으로 그야말로 도탄에 이르는 지경이었던 것이다.

이러한 어둠의 시간을 보내야 했던 왕족들은 이들의 폐해가 극심하였던 족벌 정치를 보면서도 목숨을 부지하기 위해서 바보 행세나 하든지 아니면 세상을 등지고 살아가는 것이 목숨을 부지하고 장수하는 비결로 여겨지는 시절이었으니, 세상의 곧바른 위치가 바로 현실에 투영되었던 것은 아니었다.

고려 시대의 무신 정권이 무소불위의 권력을 휘두르는 엄청난 장기집권 이후 부정부패로 파국에 도달하였듯이 이들의 장기 집권도 결국에는 흥선대원군이라는 강력한 견제 세력의 등장으로 큰 어려움을 만나게 된 것이다.

고종이 대왕대비 조씨의 수렴첨정에서 자유로와지고 고종의 부(父)인 흥선대원군이 다시 강력한 섭정을 하면서 개혁 정치의 시동을 걸자 이들 권문세가들은 목숨이라도 부지한다는 심정으로 많은 재물을 싸들고 주야로 흥선군의 운현궁을 드나들면서 충성 맹세를 하였던 것이다. 이러한 흐름을 잘 알고 가장 먼저 대원이 대감을 찾아간 사람이 바로 안동 김씨 외척 정치의 수장이었고, 영의정을 두 번이나 역임하고 당시 영중추부사를 하고 있었던 김좌근이었다.

한때 김좌근이 권력의 정점에 있었을 때에는 김좌근이 지나가는 길목에서 동전 몇 닢을 구걸하여 술값을 대신하던 흥선군이 아니었던가?

세상은 이처럼 항상 변하는 것이다. 어제 있던 것이 오늘을 없을 수도 있으며 오늘 내가 없었던 것이 내일 있을 수도 있는 것이다.

참으로 크나큰 세월의 변화가 아닐 수 없다. 세상은 이렇게 변하는 것이다. 한 곳에 머무르는 것이 아무것도 없는 것이다.

우리 인간들이 이러한 것을 잘 알고 있다는 것은 그만큼 우리들이 처신하는 문제나 권력과 재물을 얻고 쓰는 문제 등이 큰 지혜 속에서 잘 이루어져아 한다는 것을 의미하는 것이다.

사람이 살다가 보면 엄청난 노력과 정성을 통한 기원을 행해도 이에 상응하는 결과가 곧바로 나오지 않고 우리 사람들의 삶을 더 힘들고 어렵게 할 수도 있는 것이다. 바로 이러한 때에 세상은 항상 변한다는 평범한 위치를 깨닫고 더더욱 마음을 다지고 처신을 바로 하는 지혜를 발휘하는 것이 이 세상을 바로 사는 길일 것이다.

2009. 7. 30

- 성명: 박태우(Park Tae-Woo, 朴泰宇) 반남(潘南) 박씨
- 결혼관계: 부인과 1남 1녀
- 생년월일: 1963년 5월 17일(음력)
- 현주소: 경기도 고양시 일산구 탄현동 1583 효성아파트 1501-1405(전화: 031-922-6402)
- 본적: 충남 금산군 제원면 금성리 175-2
- 병역: 육군본부 정보참모부 근무, 육군 병장 만기 제대(KATUSA로 입대, 번역병(900-E)으로 복무)
- 종교: 대한기독감리회 일산교회 권사 및 문화부장(찬양대장)
- Mobile: 010-4204-2953, Email: t517@naver.com
- 개인 홈페이지: www.hanbatforum.com

*현 주요직책

- 박태우 푸른정치경제연구소장, 고려대학교 아세아문제연구소 객원연구위원, 경남대학교 극동문제연구소 초빙연구위원, 대만국립정치대학 외교학과 객좌교수, 주한동티모르 명예영사, 한국민주태평양연맹(DPU Korea) 사무총장, 사단법인 한국정치학회 대외협력이사 등

*학력

- 대전대흥초등학교(1976), 대전동산중학교(1979), 대전고등학교(1982) 졸업
- 고려대학교 2년 수학(사대 국어과, 부전공 영어, 1982~84)
- 한국외국어대학교 정치외교학과 졸업(부전공 영어, 1991. 2)
- 경희대학교 평화복지대학원(The Graduate Institute of Peace Studies) 동북아학과 졸업(국제정치 석사)

  (리더십국제대학원 전과정 장학생, 1993. 8)
- KDI정책대학원 국제통상법전문과정(단기고위공직자과정) 수료
- 영국 HULL대학교 대학원 졸업(국제정치학 박사, 1996. 7, 영국 외무성 장학금Chevening Award 전 과정 수혜)

* 최고위 과정

• 2009년도 가을학기 고려대학교 국제대학원 Green Leadership 최고위과정 20기 수료 (2010. 1. 7 졸업식)/수료시 모범상 수상

* 강의 경력 · 학회활동 경력

• 고려대, 경희대, 인천대, 배재대, 중부대, 외국어대, 숙명여대, 덕성여대, 국민대, 한남대, 충남대, 명지대, 서강대, 동국대 학부, 대학원, 박사과정, 강사, 겸임교수 및 초빙교수, 객원 교수 등으로 출강(국제관계특강, 한국과 동북아론, 국제기구론, 외교정책결정론, 비교정 치론, 한국정치와 민주주의, 정치경제론, 국제정치이론, 정책이론, 유럽정치론, 북한정치 론, 국제정치경제론, 동북아갈등조정자론, 인간과 정치, 국제관계의 이해, 유럽안보통합 론, 한국정치론 등의 과목을 1996년부터 국문 및 영어로 강의해 오고 있음
• 대전 자운대의 육군대학에서 2007년도 2학기 『유럽안보통합론』을 강의
• 한국정치학회, 한국국제정치학회, 한국유럽학회 이사 및 감사 등 역임
• 한국정치학회 2010년도 상임대외협력이사
• 한국지방정치학회 2010년도 부회장
• 한국세계지역학회 2010년도 부회장
• 한국정치외교사학회 2010년도 섭외이사
• 대만국립정치대학 외교학과, 동대학 국제문제연구소(IIR) 방문교수 및 방문학자 (2004~2005)
• 동 대학 외교학과 객좌교수로 위촉 정기적으로 한반도 문제를 주제로 한국정치론 강의 (2005~)
• 경남대학교 극동문제연구소 초빙연구위원으로 위촉(2007~)
• 2009년도 봄 학기에는 경희대학교에서 'Korea and Northeast Asia' 란 영어강좌를 영어로 강의하였고, 가을학기에는 고려대 국제학부에서 영어강좌 『Special Topics on International Relations(국제관계특강), 인천대학교 정치외교학과에서는 『국제기구론』, 『외교정책결정 론』을, 배재대학교 정치외교학과에서는 『비교정치론』, 『민주주의와 한국정치론』을, 그리 고 한남대 국방전략대학원에서는 계룡대분원에서 현역 장교들을 상대로 『안보정책론』을 강의하였고, 2010년도 봄 학기에는 인천대 정외과에서 『외교와 협상』, 배재대에서는 『국 제법과 국제기구』, 『한국정치입문』을 강의중
• 2010. 1~ 고려대학교 아세아문제연구소 대만연구센터 객원연구위원

* 국제학술회의 발제 및 토론 경력

- 지난 1996년 이후 국내 및 국제학술대회에서 100여 차례 이상 논문 발제자 및 토론자로 참여
- 최근에는 지난 2009년 10월 29~30 양일간 서울에서 개최된 『Comprehensive-US Security Cooperation under the New Government in the Global Financial Crisis』 제하의 학술대회에서 'Prospects of Inter-Korean Relations with much Foucs on North Korea' s Nuclear Brinkmanship' 제목의 영어논문을 발표(2009년 10월 30일 12면 기사참조, 주최: 한미안보연구회, 미국해리티지 재단, 동아일보 등)
- 2009년 12월 12일 중화민국의 중화민국한국연구회(Chinese Association of Korean Studies)가 주관하는 제18차 한대만학술포럼에서 '21세기 한-대만관계의 새로운 전망: 한-대만경제공동체를 구상하며' 라는 제목의 발제문을 발표

* 중앙 행정부 근무 경력

- 통상산업부 통상전문가 사무관 박사특채 근무(1997~1998)
  (통상협력국 통상무역실 통상협력부서 근무)
- 외교통상부 통상교섭본부 경제통상외무관 근무(1998~2000)
  (다자통상국, 국제경제국 통상협상담당부서 등)
- ASEM/APEC 관련 실무협상자로 수십여 차례 협상에 참여

* 국회 및 정치권 경력

- 국회사무처 통일외교통상위원회 정책보좌관(1996)
- 이인제 전 대통령 후보 국회보좌관(2000~2004. 2)
  (통외통위, 국방위 등, 정책 및 의전, 통역 등)
- 2004. 4. 15 총선 새천년민주당 경기 고양 일산갑(현 일산동구) 국회의원 후보(기호 2번) 출마
  (경쟁자: 홍사덕, 한명숙) 지구당 위원장 역임(2004~2005)
- 2006. 5. 31 지방선거 대전 중구청장 무소속 후보 출마
- 국민중심당(PFP) 중앙당 외교통상위원장(2006)
- 2006년 9월 한나라당에 입당
- 한나라당 17대 대통령선거 중앙선대위 상근 부대변인(최다논평), 상근 부대변인(~2008. 9. 5)
- 한나라당 이명박 예비후보 경선대책위원회 정책특별보좌역
- 이명박 대선후보 정책포럼 2020팀 외교안보팀장(2006~2007)

- 한나라당 중앙위원회, 중앙선대위 국방안보위 부위원장 역임
- 한나라당 중앙위 소식지 『미디어 팝』 편집위원 역임
- 한나라당 중앙위, 중앙선대위 사이버대책위원회 운영위원 역임
- 한나라당 재단법인 여의도연구소 정책자문위원 및 간사(외교안보분과) 역임
- 한나라당 부대변인 모임 간사(현재)

* 국제NGO 및 외교계 활동 경력

- 민주태평양연맹 한국지부(DPU Korea) 사무총장(2005~)
- 주한 티모르-레스테(동티모르) 명예영사로 위촉되어 외교활동 활발하게 전개해 오고 있음
  (2007. 4~) (비엔나협약에 의한 아그레망을 거쳐서 임명됨)

* 언론 집필 활동 경력

- 한반도 및 국제관계를 주제로 그 동안 동아일보, 서울신문, 국민일보 등을 비롯한 주요 일
  간지 및 인터넷 매체(The Frontier Times 등)에 1,000여 편 이상의 글을 기고해 옴
- 인터넷월간조선(monthlychosun.com) 전문가칼럼 '박태우 신부국강병론' 고정 칼럼니
  스트
- 중앙일보영자지 The JoongAng Daily 영문칼럼니스트
- The Korea Times에 영문칼럼 기고
- 인터넷 종합영자신문 The Seoul Times 고정칼럼니스트(고정칼럼 제목: Dr. Park's
  Discourse with the World)
- 종합인터넷신문 The Frontier Times 비상근 논설위원으로 활동해 옴(2005~)

* 문단 경력 · 전공분야 집필 경력

- 2000년도에 『포스트모던』에 당시 이근배 시인협회장 추천으로 시인으로 등단 이후 7권의
  시집을 출간(당신이 날 부르면, 내가 당신을 부르겠소이다. 그대들이 날 부르기에, 이 세상
  과 함께 불러야 할 노래들이 있기에, 저 하늘 높이 나는 새처럼, 아름다운 사람들 속에서,
  하늘을 향해서 입을 벌린 사람)
- 2권의 정책도서(공저, 유럽통상정책과 법, ASEM), 3권의 정치시사칼럼집(진정한 동북아
  의 균형자란, 다시 새벽이 오기에, 신부국강병론)을 출간
- 한국문인협회, 국제펜클럽 한국본부 회원
- 계간 종합문예교양지 『연인』 편집고문으로 문단 활동

*기업자문 관련 경력

- 다국적투자컨설팅회사 The Doran Capital Partners 사외고문(Board of Advisors, 2007~)

*기타 경력 · 수상 경력

- 한국외국어대 통역협회장(1989~1990)
- 영국HULL대학 Asia-Pacific Research Forum 회장(1992~3, 정치학박사 연구과정 연구단체모임)
- 대한검도회 공인 초단
- 새고양로타리클럽 회원(수십 차례 국제봉사프로젝트 실무협상자)
- The Korea Times, The Korea Herald 등에서 주최하는 전국영어웅변대회에서 수차례 대상, 동상,
  장려상 등 수상
- 한국문화예술신인상, 한국문화예술상 수상(포스트모던 주관)
- 대한민국재향군인회 기관지 KONAS 창간 5주년 기념 안보의식 고취 및 애국활동을 인정받아
  공로패 수상(2008. 11. 12)

*향우회 활동

- 대전광역시중앙시민회 부회장(2008~)
- 사단법인 대전사랑문화협회 해외위원장

*석 · 박사학위 논문 제목/대표 연구물 제목

- The Political Economy of Regionalism and Globalization and An Analysis of Its Impact upon
  South Korea-European Union Trade(555pages)— 박사논문
- China's Open Door Policy and Its Implications for South Korea's Trade with China(150 pages in
  English)— 석사 논문
- U.S. Security Interests on the Northeast Asia and Its Implications for the Security of Taiwan and
  South Korea(60 pages in English- 대만국립정치대학 국제관계연구소(IIR) 연구과제
- 『생활정치실천방안』에 대한 연구(115 pages, 2006)— 국회사무처 용역과제 책임연구원으로 수행
  등 다수의 발제문

  그동안 출간된 저자의 주요 저서는 10여 권이 있으며 그 외 다수의 문학작품(시)과 연구논문 등이 있다.

〈유로통상연구회 공저〉
EU의 통상정책과 법
2000.07 율곡출판사

〈유로통상연구회 공저〉
Asia—Europe Meeting(ASEM)
2002.04 앰애드

〈제1시집〉
당신이 나를 부르면
2001.08 도서출판 사임당

〈제2시집〉
내가 당신을 부르겠소이다
2002.03 도서출판 사임당

〈제3시집〉
그대들이 날 부르기에
2002.10 도서출판 문예

〈제4시집〉
이 세상과 함께 불러야 하는
노래들이 있기에
2003.05 연인M&B

〈제5시집〉
저 하늘 높이
날아가는 새처럼
2003.11 도서출판 문예

〈제6시집〉
아름다운 사람들 속에서
2004.06 연인M&B

〈칼럼집〉
진정한 동북아의 균형자란?
2005.06 연인M&B

〈칼럼집〉
다시 새벽이 오기에
2006.04 연인M&B

〈칼럼집〉
신(新)부국강병론
2007.07 연인M&B

〈제7시집〉
하늘을 향해 입을 벌린 사람
2009.05 연인M&B